梅里克家族

珍珠谜案

（美）弗兰克·鲍姆 著

郑榕玲 译

企业管理出版社

图书在版编目（CIP）数据

珍珠谜案 /（美）鲍姆著；郑榕玲译.
—北京：企业管理出版社，2015.12
ISBN 978-7-5164-1174-2

Ⅰ．①珍… Ⅱ．①鲍… ②郑… Ⅲ．①儿童文学－长篇小说－美国－近代 Ⅳ．①I712.84

中国版本图书馆CIP数据核字(2015)第313111号

书　　名：	珍珠谜案
作　　者：	弗兰克•鲍姆
译　　者：	郑榕玲
责任编辑：	韩天放　尤　颖
书　　号：	ISBN 978-7-5164-1174-2
出版发行：	企业管理出版社
地　　址：	北京市海淀区紫竹院南路17号
邮　　编：	100048
网　　址：	http://www.emph.cn
电　　话：	总编室（010）68701719　发行部（010）68414644
	编辑部（010）68701292
电子信箱：	80147@sina.com
印　　刷：	北京宝昌彩色印刷有限公司
经　　销：	新华书店
规　　格：	145毫米×210毫米　32开本　6.5印张　146千字
版　　次：	2016年3月第1版　2016年3月第1次印刷
定　　价：	26.00 元

版权所有　翻印必究•印装有误　负责调换

目 录

第 一 章	抓拍事件	001
第 二 章	关于电影的辩论会	010
第 三 章	魅力女孩	017
第 四 章	蒙特罗斯的侄女们	024
第 五 章	惊险救援	033
第 六 章	亚乔	045
第 七 章	患者	052
第 八 章	名字的魔法之谜	061
第 九 章	帕琪医生	067
第 十 章	仍是秘密	076
第十一章	悲惨少女	085
第十二章	照片、女孩与无厘头	093
第十三章	愚蠢男孩	101
第十四章	伊西多尔·杜拉	109
第十五章	零星珠宝	117
第十六章	险境	131
第十七章	困惑的约翰	141
第十八章	怀疑与困境	148
第十九章	莫德的备忘录	155
第二十章	女孩式理念	159
第二十一章	阿拉贝拉游艇	164

第二十二章	男子气与女子气	173
第二十三章	处于优势的一日	181
第二十四章	十九号录像	185
第二十五章	审判	190
第二十六章	雨过天晴	197

第一章　抓拍事件

"这世界真是越来越精彩了！"一个十几岁的女孩一边说着，一边托着她的下巴，一副若有所思的样子。

"它一直都很精彩呀，贝丝。"另一个女孩说道，帕琪坐在走廊的隔栏上，悠闲地摇晃着双腿。

"也许吧。可是我觉得现在的人们越来越喜欢做一些古怪的事情了，帕琪。"

"是啊！是啊！"不远处传来一位中年男士的声音，正是约翰·梅里克，他倚靠在躺椅上，说道，"这就是你们这些孩子看待世界的方式，总会因为人们的种种行为，而对这世界感到困惑。"

"难道不是人类创造的世界吗，舅舅？"帕特丽夏·道尔看着他，眼神里装满疑惑，"细细想来，就算没有人类，世界也能生机勃勃地运转着，不过，对于人类而言……"

"对于人类而言，他们却离不开这世界。"

帕琪一下子笑出了声，她清澈的蓝色眼眸闪烁着光芒，将她白皙的脸颊衬得更动人了——虽然有几颗小雀斑。

"不过，"贝丝说道，语气十分平静，"我觉得，随着世界的发展越来越快，人们却变得越来越鲁莽和无知了，而法律，似乎赋予他们太多自由了。有了今早的经历之后，我对任何事情都感到不足为奇了，尤其是在这个光怪陆离的加州！"

"你这是什么意思啊，贝丝？"约翰问道，他坐直了身子，眼神从一个侄女瞟向另一个侄女。约翰是一位外表和善的男士，五十多年的岁月在他的身上留下了深深的印迹，他的头发几乎快要掉光了,脸庞浑圆,看起来十足一个身材矮小的胖子。

"我们今早可经历了一次奇遇。"看着贝丝犹豫的样子,帕琪便开口了,她一边说,一边想起早晨的情景,不禁又抿嘴笑了起来,"对我来说,我只是觉得这件事很有趣而已,可贝丝却被吓坏了!其实,我们完全不必当真。"

"把事情的详细经过跟我说说,宝贝。"梅里克的神情严肃起来,对他而言,任何事情若影响到他挚爱的外甥女们,可就是天大的事了!

"我们今早在街道上散步,"帕琪开始娓娓道来,"当我们转过一个路口时,遇见了一群神色慌张的人,他们都是工人,穿着法兰绒衬衫,袖子高高卷起,双手沾满了污垢,像是在建造一个工厂。这时,从工厂的大门里,又涌出一大群工人,街道上逛街的女孩们一下子慌乱起来。警察们挥舞着警棍,四处奔走着。看到这个情景,我和贝丝便停了下来,犹豫是否要继续往前走。最后,我们俩还是决定去前面看个究竟。谁知道,正在这时,一名身材魁梧的工人突然冲到我们面前,对着我们大声吼道:'赶紧回去!墙要垮掉了!'

"舅舅,你应该能想象得到我们该有多惊慌吧!我们都尖叫起来,心想这下可没救了,我的双腿一下子软了下来,贝丝不得不把我拖走,她脸色苍白,害怕极了。最终,我们跟跟跄跄走上了街,这时,一个大汉走了过来,拽着我们,把我们拖离了街道,直到我俩回到安全的地方,才听见先前那位身材魁梧的工人喊道:'年轻的女士们,你们可真是让我印象深刻啊,如果现在拍摄的这部电影不能被评为年度最佳电影的话,我可一直会耿耿于怀的。你们那副被吓坏的模样可真是精彩极了,毕竟你们一点心理准备也没有。感谢你们让我观赏了这精彩的一幕啊！"

帕琪歇了口气，忍不住又笑了起来。不过，贝丝看起来却困扰极了，约翰则晕乎乎的。"这究竟是怎么一回事？"他继续问道。

"他们正在拍电影呢！所有的工人、女孩和警察都是演员而已。大概有上百人吧！当我们从恐惧中回过神来，才听到旁边机器拍片的声音。"

"那墙壁最终倒塌了吗？"约翰问道。

"那个时候还没有。他们先是拍下了人们慌张逃离的画面；之后，关掉摄影机，把人们转移到安全的距离之外；再在墙壁旁边放置了一些工人和女孩的人物模型。布置完毕后，他们把镜头拉近，不知用什么方法，推到了砖墙。这时，砖墙倒塌发出了巨大的轰响声，碎片落了一地，但是，废墟下面仅仅是人物模型而已。"

梅里克长长舒了一口气。"太棒了！"他说道，"如果真要毁掉一座大楼的话，可得花不少钱呢！而这还仅仅只是为了画面效果而已！"

"我也是这样跟主管人说的。"帕琪回答说，"不过，他告诉我们这栋楼本来就打算拆掉的，将会在原址建一座更棒的楼。所以，他就设计了一幅墙壁倒塌的画面，也花不了多少钱。舅舅你想想，我们就在那幅画面里呢！当时真是被吓破了胆，真想瞧瞧我们被吓呆的样子。"

"只需要花个十美分就能完成你这个心愿。"贝丝耸耸肩，"如果说那幅画面真的还不错的话，就会在某个黑沉沉的小剧院里上映了。"

"某个？"约翰说，"很有可能是一千个小剧院，甚至可能是上万呢！可以看到你和帕琪慌张逃离的样子。"

"天呐！"帕琪惊叫起来，"那可比我想象的要有趣多了！真的会有数以百万的人去看吗，舅舅？"

"嗯，当然啊，电影可是个巨大的产业，我前些天被介绍给奥蒂斯·沃纳认识，他给我讲了不少电影拍摄的事情呢，沃纳可是位大名人，也是位非常友善的绅士，有机会我会介绍给你们认识，他会告诉你们电影产业的不少奇妙之处。"

"我已经好几个月没看过电影了。"贝丝说，"也没有心思再去看。"

"连我们自己的电影也不想看吗？"帕琪带着几分责备的语气说道。

"他们可没有权力把我们强行塞进他们电影里去。"贝丝说，"电影都是些无聊透顶的东西，都是些喜剧或悲剧，传达的理念总是奇奇怪怪的，一点儿也不现实！当然了，一些风景片和历史纪录片还是值得一看的，但我不理解怎么会有这么多庸俗的小电影遍地开花。"

"电影可是平民们的最爱呢！"梅里克说道，"看电影已经成为劳动阶层的男士们最爱的消遣了，看电影只需要花费五美分或十美分，而且还是些他有能力看明白的东西。听说，电影现在可是聚会和沙龙的天敌呢，许多男士会带一大家人去看电影，而以前，他们却爱去酒吧和俱乐部！"

"这真是我听到过的最出色的辩解了。"性格倔强又强势的贝丝说道，"不过，我希望舅舅不是在为那些电影制片人辩护。"

"完全不是，宝贝。我觉得，如果无知的旁观者被强行拉进电影的拍摄中，也应由制片人承担这个责任，我会……"

"会怎样呢，舅舅？"

"我会暗示他，他应该向你道歉。"梅里克有些不知所措。

贝丝脸上泛起了一丝笑容，但固执的她还是有几分不服气。

"并且，两位并非职业演员的女孩，被无数双挑剔的眼睛盯着看，有愚蠢的工匠、稀里糊涂的醉鬼、面带愁容的妇人和哇哇大哭的小孩。

"但希望我们能给他们带来一些欢乐。"帕琪反驳道，"不过，我们可根本没有爱上这些庸俗的电影，我们只是受害者而已。现在想来，那电影的主管人有多机灵，不动声色地就抓住了我们，可以为他的电影增色不少呢！我十分佩服那家伙的胆量，就原谅他吧。"

"这可不是胆量，是实实在在的无礼！"贝丝坚持说道。

"我同意你的说法，"梅里克说道，"你们希望我去把那部电影买下来吗？这样就可以避免电影上映了。"

"啊，不要！"帕琪抗议道，"我特别期待能看见我们在电影里的样子呢！我可不想因为任何原因影响这部电影的上映。"

"你呢，贝丝？"

"舅舅，真没有必要为这事担忧。"贝丝说，"我确实对这种违背我意愿的事儿感到愤愤不平，不过我也猜想，很多和我有着同样观点的人，估计都不会去看电影吧，即便去看了,也未必会认出我们来。"

你一定不会因为贝丝的这段话而把她当做一位势利又自恃高贵的女孩吧?她的表姐帕琪总说她是位"傲慢"的人。其实,贝丝是位性格可爱又阳光的女孩,尽管她出身不凡,但她的品味却十分平民化,她今天只是碰巧心情不好罢了,所以才在情绪的笼罩下,说出了这一番尖刻无比的话。

尽管帕琪刚开始对此事也感到愤愤不已,但她似乎总能做出比她表妹更为清晰的判断,天性也更为敏感,她很快便发掘出这件事情幽默有趣的一面,甚至在回忆起这令人难忘的恐惧时,还带着愉快的笑容呢!

这两个女孩,整个冬季都在南加州享受着宜人的气候,由他们的舅舅,也就是约翰·梅里克先生陪伴着。他们最近刚在好莱坞一个舒适的酒店安顿下来,这里是洛杉矶的郊区,典型的美国南方乡村风貌。梅里克还有一个侄女,年纪更长的露易丝·梅里克·威尔登,她已经结婚了,居住在洛杉矶和圣地亚哥之间的一个大牧场,这也是他们呆在此地的原因。牧场正好与这片地区相邻。

再来瞧瞧这三个人吧!一位性格简单、有些沾沾自喜的男士和他两位年纪轻轻的外甥女,陌生人一看便能知道他们是普通的游客而已,来到此地,就是为了逃离西部糟糕的气候。不过,若是在纽约,约翰·梅里克这个名字在金融圈可是赫赫有名,他庞大的资产成就了他在金融圈里举足轻重的地位。实际上,他已经退出了变幻的商业事务,他的大型投资项目也都交由他的妹夫,也就是帕琪的父亲管理,帕琪的母亲已经不在了。梅里克现在所有的精力都集中在他三个晚辈身上,而露易丝已经成家,也有了活泼可爱的宝贝,所以约翰更把大部分精力集中在两个更年少的侄女身上，为了她俩的幸福而尽其所能。

其实，在两位女孩的舅舅找到她俩之前，她们过着并不富裕的生活，都需要努力挣钱才能养活自己。如今，她们慷慨大方的舅舅，让她们过上了养尊处优的生活，她们不曾忘记曾经贫穷又忙碌的时光，更决心要发掘出生活中更多的美好之处，让自己的生活变得充实而满足。三人都是慷慨又心胸宽广的人，总是热心地帮助穷人们，这一点，许多人都可以证明。她们创建的慈善会，受到梅里克的大力资助，他不菲的资产足以让他投身许多慈善活动中。他们三人处事也很低调，心地善良单纯的他们，从来不求回报。

毫无疑问，约翰·梅里克确实是位奇特的人。众所周知，有钱人总会有许多怪癖，何况他在社会上还有着举足轻重的地位。他总是做出令人惊讶的举动，而且他是位冲动的人，说话做事前偶尔也不会深思熟虑。所以，他的古怪举动也就不足为奇了。而年轻的侄女们，天性活泼又有朝气，对生活充满了好奇，所以，她们总是开开心心地度过每一天，也遇到了不少趣事。

他们三人在露易丝的牧场停留一段时间之后，商量后决定前往好莱坞度过一个安宁又愉快的冬季。在那里，他们可以去青色山峦中漫步；也可以在湖中泛舟，享受海边的日光浴；或者骑着摩托，穿梭在风景无与伦比的林荫大道上。

让人意想不到的是，他们度假的决定来自于一位电影导演，这位导演在他们之前发现了好莱坞这块宝地，他的电影中充分再现了这里明媚的阳光和宜人的气候，而这部电影在全美甚至欧洲都有上映。为了促进电影产业的发展，政府允许摄像机安置在好莱坞的公共街道上，为电影取景。在好莱坞，不难看见成群结队的牛仔男孩和印第安人穿梭在漂亮的村庄里，或是在百万富翁富丽堂皇的房邸或普通市民藤蔓婆娑的平房前忙碌的摄像师们。似乎没人讨厌这样的举动，因为加州人对电影的热爱远远胜过西部各州的人们。所以，贝丝和帕琪的奇遇其实只是一件很常见的事情而已。

第二章 关于电影的辩论会

第二天下午,约翰在酒店碰到了一位熟人,就是那位奥蒂斯·沃纳先生,他把这位先生拽到了他的房间里,介绍给他亲爱的侄女们认识。

"看这里,宝贝们,这就是沃纳先生。"他打开了公寓的门,请沃纳先生进入屋内,"他就是电影制片人之一,你们应该记得吧?而且,而且……"

他的讲话突然戛然而止,因为贝丝此刻正盯着沃纳先生,紧紧皱起了眉头,而帕琪也神神秘秘地咯咯笑着。此刻,沃纳先生的眼中闪过一丝欢喜的光芒,他深深地鞠了一躬,带着有些反常的敬意。

"天呐!发生了什么事情?"约翰说。

"不,一切都很正常,舅舅!"帕琪说道,她正努力憋着笑呢,"只不过,这位先生,与昨天把我们拽进电影场景里的那位可恶的主管是同一个人而已!"

"你说什么?"沃纳先生说道,"我可不是主管,按我们行业的规矩,我叫作制片人或者叫制作人。"

"好吧,总之你就是那个人。"帕琪坚持说道,"所以,你有什么要说的吗,先生?"

"如果你们觉得很懊恼,那么我感到十分抱歉,"他说道,"我并不是有意以那种方式吓唬你们,我也是为了电影艺术的需要才这样做的。只要眼前的画面能够让电影变得更加真实而生动,我们都乐于采纳呢。"

"艺术,你是这样说的吗,沃纳先生?"问出这句话的人正是贝丝,她的语气里带着一丝嘲讽,"这真是一门艺术，十分高贵的艺术。"

沃纳平和地回应说："你是在质疑这点吗，小姐？"

"我是贝丝。坦白地说，我必须得承认电影真是一门艺术，但是你画面里出现的事物，就我观察到的而言，离艺术一词还差得远呢！比如就你昨天所拍摄的那些画面，可以说没什么价值。"

"毫无价值？贝丝小姐，你这样说可让人感到太诧异了！"他大声说道，"我可把昨日墙壁倒塌的那个场景看作我最伟大的作品之一。我可是老电影人了，在我看来，那幅画面所蕴含的情绪——恐惧，可以给人们上一堂生动的人生课呢，对于人们而言，可是意义非凡哦。"

贝丝好奇地看着他，帕琪则严肃而聚精会神地听着。约翰招呼他的客人就坐，但他的声音淹没在了其他人的对话里。

"当然，我们只看到了这部电影很少的一部分。"帕琪说，"这部电影是关于什么的呢，沃纳先生？"

"我们试图……"他开始讲述这部电影，语调缓慢，字字铿锵有力，陶醉在他对电影的热爱里，"试图赋予我们这部电影以教育价值，同时，也有不少娱乐元素，许多画面都激励着人们更加纯洁而高尚地活着。电影中所有情节的设计，都耗费了你们无法想象的精力和心思。除了给予建议之外，我们无法通过其他的途径教导和启迪人们，因为，人们观赏我们的电影，只是为了获得快乐而已，而如果我们一味地讲大道理，观众很快便会觉得厌倦，那我们就只有关门大吉了！"

"哇，这真是我所听过的最独特的解说了。"贝丝的语气开始温和起来，"其实，我对电影一点兴趣也没有，但我不得不承认,旅行、科学或者教育题材的电影,可都是很有意义的!"

"啊,难以想象,居然会有人不喜欢电影。"他回应道,语气中带着讽刺意味。

"最初,电影确实打动了我的心,它们可以说是一项独特的发明,所以,出于好奇,我去看了一些电影。慢慢地,电影呈现的主题或题材开始变得无聊起来,画面又庸俗不堪,喜剧电影更是如此,所以,我便不再去电影院了。"

"教育类的电影,"沃纳先生沉思片刻后说道,"可以说是十分失败的类型,各类电影里面票房最差的,就是纯风景或纯粹教育题材的影片。与普罗大众相比,像你这样高层次和高品味的人,还是太少了吧!"

"那给我们讲讲我们参与的那部电影吧,"帕琪要求说,"倒塌的墙壁究竟能够说明什么问题呢?"

"很乐意为你们解答这个问题,"沃纳浮现出欣喜的神情,"我为此感到十分骄傲。各大城市里高楼林立,很多高楼都是一夜之间拔地而起,并未考虑过太多安全因素,许多灾难也因此而降临。老一辈的监理们会被派往工地,不论建造哪种类型的大楼,都要坚持去查看建筑材料和机械设备的安全性。但是,建筑监理们却无法拆掉楼房,瞧瞧是否安全,毕竟,粉刷和石灰掩盖了太多无良建筑商的罪恶。通常,土地承包商或者拥有者们都对自己的大楼状况了如指掌,但在大多数情况下,他们都不肯为了租户们的安全而邀请监理们去检查大楼的安全状况。贪婪、扭曲的经济和对他人安全的冷漠无情在富人阶层里面随处可见。没有任何理由能促使这些土地拥有者们花钱去加固或重修大楼,大楼可是他们的摇钱树。因此,在我的电影里,对这样的无良地产商进行了抨击,希望能唤起他们的良知。"

"影片的开头是企业内部的场景,雇员里面有男有女。领班观察到墙壁上有一个裂缝,并告知了业主,希望他能有所关注。在这部电影里,业主就是大楼的拥有者,但他拒绝对大楼实施任何修复,理由就是大楼已经有多年历史了,似乎还能够在未来的更多岁月里屹立不倒,若花钱修复这栋旧楼,也算是种浪费。第二天,领班领业主察看了墙上的裂缝,裂缝沿着墙壁变得更宽更长了,已经发出了危险的警示。而即使这样,那家伙还是不肯有一丝行动。工人们聚在一起严肃地商讨了这件事情,他们不敢辞去这份工作,毕竟,他们还需要挣钱养家。他们向雇主递交了请愿书,那家伙勃然大怒,表示不肯因为雇员们的逼迫做出任何无意义的开销。在下一个电影场景里,雇主的女儿——也是他唯一的孩子,听说了大楼存在安全隐患一事,来到了父亲的办公室,请求他能改变主意,对大楼做一些必要的修复。尽管那家伙深爱着女儿,但他还是反对女儿对他工作上的干预,就拒绝了。

"就在她离开办公室的时候,工厂里传来了恐惧的尖叫声,人们从即将坍塌的大楼里蜂拥而出。这时,你们两位在街上散步的女孩则被工头拽出了危险区,工头也就是我。而此刻厂商的女儿,迷茫而不知所措,正犹豫着该做些什么。可就在那一刹那,倒塌的墙壁压了下来,除了雇主的女儿,被压住的还有几位雇员。"

"太可怕了!"帕琪惊叫起来。

"当然,实际上没有人受伤。"他赶紧说道,"墙壁倒塌的时候,我们用了假人道具,在电影的最后一个场景中,悲痛欲绝的父亲突然意识到，他努力工作和积累的财富，其实都是为了自己挚爱的孩子，而他挚爱的孩子，因为他的吝啬而命丧黄泉。他的悲痛具有极强的感染力，凡是看过这部电影的人，无一不会立刻行动，去修复有危险隐患的大楼。你们现在能理解电影想要传达给人们的教训了吗，年轻的女士们？"

沃纳先生生动又富有激情的陈述，给两位女孩留下了深刻的印象，甚至连约翰都被感染了。

"我的资本没有一丝一毫在工厂或者大楼里面，真是感到万幸。"约翰激动地说，"如果我得为这样一场灾难负责的话，我的余生都会变得悲惨无比。"

"我觉得，你的故事没有必要如此残忍，沃纳先生。"

"那么，你一定并不了解人性。"他反驳道，"这些冷漠的富人们可都是铁石心肠，很难轻易动摇，你必须得用比喻的方式给他们以强烈的刺激，才能使他们有所触动。"

几人沉默了片刻，这可是她们始料未及的。于是贝丝问道："先生，您能告诉我们什么时候在哪里能观看这部电影吗？"

"会在下周一上映。"

"意思是？"

"意思是当我们拍摄完毕之后，会把电影的拷贝版发送给各个机构，再由各个机构把电影拷贝拿到电影院上映，通过这种方式，美国的大小角落影院都会在同一天播放这个电影，也就是下周一。"

"会这么快吗？"

"是的，我们昨天拍摄的部分今晚就会运送过来，之后会送到四十四个不同的中心去。"

"好莱坞或者洛杉矶的电影院会不会上映呢？"

"当然会了，洛杉矶的环球影院会上映，好莱坞的伊希斯电影院也会上映，会持续放映一周。"

"我们一定会去观看的。"约翰说道。

沃纳先生离开后，他们三人又激烈地讨论了一阵沃纳的那番精彩的讲述。

"我还一直不知道，原来电影产业如此的广阔，凝聚了这么多的思考和细节在里面呢！"贝丝说。

"还需要资金哦！"约翰补充说，"要邀请一组演员也是笔不小的开销。"

"我觉得沃纳先生作为一名电影人，为了说服我们，或许有些夸夸其谈了吧。我回想了一些近来看过的电影，实在想象不出有什么道德价值或意义在里面，我就算挖空了心思也察觉不出来！不过，也许是我还没有特别认真去看吧！下一次看电影的时候，我一定得仔细琢磨一番。"

第三章　魅力女孩

星期六，他们三人可迎来了一次实实在在的惊喜，当巴士停在酒店入口的时候，车上下来了亚瑟·威尔登和他的妻子露易丝，也就是约翰的侄女。另外，他们的"小天使"也来了，她有着浅浅的酒窝，正紧紧依偎在伊内兹怀里。伊内兹是小宝贝的护士，来自墨西哥。

帕琪和贝丝发出了狂喜的尖叫声，一下子冲到小婴儿身旁，亲吻着她。伊内兹是一名漂亮的女孩，有着一双迷人的棕色双眼，她欢喜地把孩子放到两位姨妈手中，而约翰则给了露易丝一个吻，再与她年轻的丈夫热情地握手。

"是哪阵风把你们给带到这里来了，宁愿离开你们那美好无比的牧场？"梅里克问道。

"不要问我，先生！"亚瑟回答说，一边微笑看着满脸惊愕的约翰。亚瑟是一位外表清秀的年轻男子，有着棱角分明的脸，行事风格也十分利落。

"对我们来说，这段时间恰好是农忙季节的间歇，"他说道，"核桃都已经卖出去了，橙子还需要再等待一些时日才能采摘，我们的邻居都去外地度假了。你们离开之后，露易丝和我觉得越来越孤单，所以吃早餐的时候，我们决定马上就出发，早晨十点，我们便搭上了快车，现在正好赶在午饭之前到达。希望酒店餐厅的午餐已经准备好了，舅舅！"

午餐确实已经准备好了。不过，在进餐之前，他们得找到房间，把孩子安顿下来才行。等他们到了餐厅，才发现他们是仅有的宾客了。

他们在餐桌边坐了下来，一家人愉快地聊着天。亚瑟问道:"你在看什么呢,帕琪?"

"一个可爱的女孩,"她说道,"她真是我见过的最可爱的女孩之一呢。你不要东张西望的,亚瑟,这样会引起她们的注意。"

"有多少个女孩呢?"

"两个女孩,还有一位女士,仿佛是她们的母亲。另一个女孩也美丽无比,不过比她的姐姐要稚嫩不少,也有可能是好友,她们长得不怎么相像!她们刚才进来,坐在对面的角落里呢!"

"可能是新来的宾客吧!"约翰说道,他坐的位置,正好能看见新来的那几个人。

"不是,"帕琪说,"服务员似乎跟她们很熟络呢!但我之前从未在酒店见过她们。"

"可能因为我们吃饭来得太早了吧。"贝丝解释说,"她们长得这么漂亮,我哪怕见过一次,也肯定不会忘记。"

"你们这么说可让我更好奇了!"亚瑟说道,声音十分细微,以免被远处角落里的女孩们听到,"如果我再听到更多关于这些女孩们的溢美之词,我可能就会转过去瞧瞧她们的模样了。"

"不要,"露易丝说道,"还好你是背对着她们呢!这样你就不会产生去跟她们搭讪的想法了。"

"啊,既然这样的话,我就没必要转过身去看这些漂亮的女孩们了。"他说道。

"谢谢你了,亚瑟。"帕琪说道,一边做了一个调皮的鬼脸,"不过,你想越过挡在你前面的我去看那些女孩就尽管看吧，如果想搭讪的话尽管去吧，我保证露易丝不会反对的。"

"真的吗？帕琪，其实看你也不错啦！"他反驳说，开玩笑地用挑剔的眼神看着她，"除了你的红头发，塌鼻子和雀斑外，其实你还有很多不错的优点呢！只要你不斜眼看人的话……"

"斜眼看人？"

"不然该怎么描述你看人的那种神色呢？"

"那个……"她说道，"只是鄙夷地一瞟罢了，非常恶毒的鄙夷。"

"我觉得是斜眼看人！"亚瑟坚持说道。

"这不是她唯一的表情。"约翰说道，他特别喜爱家人之间在愉快气氛下相互逗趣的情景，"星期一，我会向你展示帕琪成为一名被恐惧笼罩的悲惨少女的样子。"

"还有贝丝，更加凄惨。"帕琪补充道，之后，他们把电影一事告诉了亚瑟和露易丝。

"真是太荣幸了，"亚瑟说道，"我居然有你们这么棒的亲戚！"

"是通过结婚才有的亲戚！"

"我的表妹们能受到这么崇高的赞扬，真是感到万分欣喜，真想看看史上最棒的电影是什么样子。"

"这次你会看到一部超棒的电影！"帕琪说道，"因为，我们可是里面的大明星。"

"我觉得那位狂妄的沃纳先生应该被狠狠谴责一顿才对。"露易丝说道。

"他道歉了，"贝丝解释说，"不过我敢确定，下次要是再有这样的机会，他又会擅作主张的。"

"他也承认，他对艺术的无尽热爱已经让他的礼仪风范都丧失得一干二净了。"帕琪说道。

他们起身的时候，亚瑟还是刻意把眼神转向了远处的角落。让同伴们感到惊讶的是，他居然淡定地走了过去，与那位年长的女士亲切握手，接着，又被介绍给两位女孩认识。约翰和三位侄女，则漫步走出餐厅，在大厅里等着亚瑟。

"肯定是某个熟人吧！"露易丝说道，"亚瑟认识很多人，只要见过一面，他都能记得一清二楚。"

当亚瑟走出餐厅的时候，带着两位漂亮的女孩和那位年长的女士，他向同伴们介绍蒙特罗斯女士是他相识的熟人——在纽约她一直是他的邻居。两位女孩则是她的侄女，而不是女儿，她们分别是莫德·斯坦顿和弗洛伦斯·斯坦顿，莫德已经十八岁了，而斯坦顿才十五岁。莫德真是位漂亮到引人注目的女孩。弗洛伦斯则更稚嫩一些，肤色也更深，但也十分优雅动人。

首次见面时，两位女孩看起来十分羞涩，只是开心地朝帕琪和贝丝微笑着。但他们的姑妈却是位性格随和健谈的人，兴高采烈地谈论着他们在好莱坞和南加州的有趣见闻。大家处于友好祥和的气氛中。蒙特罗斯夫人提到她们已经在酒店里呆了好几周了，这也算透露了她们一点小小的隐私。如今，她们三人就要离开酒店了，她表达着对于新朋友的友好祝愿，大家不知不觉间便熟络起来。

"在这里碰到蒙特罗斯真是让人感到惊喜！"分手后亚瑟说道，"父亲去世后，我卖掉了老房子，也与蒙特罗斯家失去了联系。但我似乎还记得老蒙特罗斯去了狩猎场，留下了自己的妻子孤独一人,一个孩子也没有。我想他们应该很富有吧,因为蒙特罗斯先生是位出色又成功的银行家,我写信问问伦琴,打听一下他们的近况。"

"伦琴似乎是个万事通呢!"露易丝说道。

"他对在纽约生活的一些人的情况了如指掌,尤其是那些伦敦的老家族。"亚瑟说道。

"我不明白他们的生活和过去跟我们有什么关系!"帕琪说道。

"我对他们身上发生的故事很有兴趣,这番兴趣与他们的祖先或者经济状况都没什么关系,像斯坦顿那样充满魅力的女孩,更是让我想去了解。"

眼下,小婴儿则吸引了大家的注意,一天内剩下的所有时光,大家都在与她的玩乐中度过。而小婴儿似乎也很了解小姨们的心思,不断对着她们亲热地咕咕叫着,露出可爱至极的笑容和迷人的小酒窝。

星期日,一家人去山里进行一次摩托车之旅。回家的路上,碰到了大陆电影公司盛大的开幕仪式。这里已经建成了一个欣欣向荣的电影城,许多从事电影工作的人们都更愿意居住在工作地附近。另一个大型电影公司则坐落于好莱坞的中心地带。

他们经过电影城的时候,约翰说道:"我们之后会受邀到这里见证电影的制作过程,一定有趣极了。"

"当然,咱们一定要去哦,"亚瑟答道,"我对这门崭新的产业也兴趣盎然呢!在我看来,这门产业的发展才刚刚开始,我坚信,未来,电影产业一定会有日新月异的发展。"

"我也这样认为。"约翰说,"首先,演员们不再演默片，而是像现实生活中一样能讲话；第二，我们将会有更多的大剧院，所有著名的演唱者们都将登台演出，我们只需花上十美分，便能欣赏一场精彩的演出。优秀演员的表演也是一样。"

"那样的话，有可能导致一场混乱！"露易丝说道，"在相机和录音机出现之前，歌剧只能表演一次。现在，那些出场费高昂的歌剧演唱家们将会怎样呢？"

"他们将更多从演出的版税中获取收入，而不是工资了。"亚瑟说道。

"这对伟大的艺术工作者们来说太轻而易举了！"帕琪说道。

"只需要表演一次，金钱便会一直滚滚而来。"

"他们值得拥有这些财富。"贝丝说道，"想想公众们将会收获什么吧？再也不需要像我们今天这样忍受不合格演员和演唱者们的表演，全世界的人都希望能够花很少的钱去欣赏最棒的表演，我相信你的预言一定会成真的，舅舅。"

"一定会的。"他满怀信心地说道，"我在爱迪生和其他一些人的书中读到，很多人目前正在电影行业里奋斗着，虽然还没有成功，但是在机械时代，一切可能的事情终究都会实现的。"

第四章 蒙特罗斯的侄女们

这部名为"牺牲品"的电影，确实如帕琪所说，是一部引起了巨大反响的电影。星期一的下午，小剧场里也反常地挤满了人，所以，梅里克预定了座位，以便能观赏到电影的每个细节。女孩们迫不及待地想要看到剧情，更想要看到电影里的自己。结果，却发现她们不过是长长的电影里面的小插曲而已。

电影情节紧凑、扣人心弦。自从沃纳先生向他们详细解释了电影传达的理念，女孩们便全神贯注地观看着电影的每一个情节。最后一个场景里，入口和出口都是临时搭建的，但不得不承认，各位演员们表现出来的恐惧，都是真实无比的。接着，墙壁倒塌下来，掩埋了受害者，这个小小的场景，让女孩们疑惑起来，因为她们清楚地记得，将真正的演员们带离危险区、把人物模型安放到位共花了整整半个小时呢，那个期间内，摄像机一直关闭着，但在电影里，这两个场景如此完美无缺地连接在一起，观众们一点儿也看不出来有任何停顿。

一走出电影院，露易丝便喊道："啊，受不了了！这里空气太闷了！我不明白为什么非得把电影院建得这么阴暗窄小呢？"

"真是太窄小了！"约翰回答说，"不过，这只是建筑者的习惯罢了。而且，电影院严重欠缺通风设施！"

"没人会因为对所花费的十美分而有过多的期待。"亚瑟提醒道，"如果电影很棒的话，人们即使不舒服，也是能够忍受的！"

"你们注意到了吗？"帕琪缓慢地说，"影院里有不少孩子呢！"

"确实如此，电影似乎很适合孩子观看呢，我觉得孩子们应该不理解悲剧或者爱情故事的含义，但是无论什么主题，只要是有画面，就能让他们欢喜不已。"

"孩子们如果没有父母或者监护人的陪同，是不允许进入电影院的。"亚瑟说道，"不过我看到有十一个孩子由一位面容慈祥的年长女士陪伴着，可能是逃脱了这条规定吧。"

星期二上午，一家人驱车来观看大陆电影制片公司的办公室，想要与沃纳先生会面。通往围栏内部的各个道路都被严密地看守着，这是为了防止好奇的人们闯进来。但是沃纳很快从里面走了出来，陪伴他们走进了公司。

"你们来得真是时候！"他说道，"你们可以来见证其中一个电影场景——'萨姆森和黛利拉'，他们正在拍摄这一幕呢，你们如果想看的话，得赶快了！这可是我们公司迄今为止最大的场景之一！"

他们穿过一排低矮的建筑物，最终到了一片广阔的空地，巨大的框架竖立着，上面覆盖着帆布，显然还有些散乱。场地内到处都是身着圣经时代东方服饰的人们，他们的肤色被染成了棕色，妆容在强光下显得有些恐怖。一群温顺的毛驴，背上驮满了干柴，被拴在空地附近。

"紧紧跟着我！"沃纳先生说道，"这样你们就不会踩到安全界线，免得自己被拍摄到画面中去。"

"什么是安全界线呢？"约翰问道。

"那根线标示了摄像机的拍摄范围，在安全界线以外，你们就十分安全。你们看，它就在地上用粉笔标着呢！"

他们绕过了人群，来到了前方，惊讶地发现眼前的场景正在框架背面播放着呢!

此刻,正播放着所罗门寺庙金碧辉煌的画面,宽大的柱子支撑着房顶,看起来就像石头一样坚固稳定,也许只有大炮才能够破坏它吧!

这样的视角感觉非常棒,可以通过广阔的庙宇看到一系列的情景。走廊上,一排祭司正缓慢地走了过来,他们前面由舞姿翩翩的女孩和敲打着筒鼓的乐师们带领。整个场景带着一种壮丽而肃穆的气氛,大家都看得出神,敬畏而安静。

在他们旁边,就是拍摄电影的摄像机,正稳定地运作着,一位身着衬衣的男士正在操控它,用敏锐的双眼注视着眼前的画面,时而皱眉,时而点头表示通过。他身旁还有一个人,在安全界线之外不同的位置上快速走来走去,也就是这部电影的导演,他用紧张又兴奋的声音指挥着演员们,如果现场出现了什么问题,他就会勃然大怒或者撕扯自己的头发。

这时,场景内出现了一个十分严重的错误,导演狠狠地吹了一声口哨。刹那间,一切都停止了运转,摄像师用一块布罩住了镜头,平静地点燃了一支烟,演员队伍也停止了表演,现场充满不确定的气氛,陷入了一团混乱。导演气急败坏地跳进了拍戏的场地中,对他的演员们大声咆哮着,显然他是位脾气糟糕的先生。

"又发生这种事!"他咆哮着,"好端端的电影,就被一个笨蛋给毁了。脱掉你那身长袍,希金斯,让杰克逊代替你的位置吧。杰克逊到哪里去了?"

"在这里。"一名年轻的男士回答道,从观众里探出身来。

"你知道该怎么做吗?你带领人群走进庙宇,这样就能把空间留给黛利拉进入。"导演吼道。

杰克逊只是点了点头,便匆忙套上了希金斯很不情愿脱下来的祭司服装,导演让希金斯去办公室等着,付了薪水之后就让他再也不要参演了。显然,这位演技拙劣的演员感到十分难堪。

现在,队伍又回到了走廊,重新安排完毕后,一切变得井然有序。导演一声令下,摄像机立刻恢复了工作,乐师们开始奏乐,女孩们翩翩起舞,庞大的队伍从走廊那头逐渐显现出来。

这一次,演出有序地进行着,在通往庙宇入口处的楼梯口停了下来。

"黛利拉!"导演喊道,接着,现场便出现了一位美艳动人的少女,她向祭司长深深地鞠了一躬。

"天哪!"帕琪喊了出来,"她,她就是莫德·斯坦顿!"

"不可能!"亚瑟语气坚决地回答说。接着,他又向少女所在的方向望了过去,之后长长吸了一口气,因为,若不是世界上有两位长相几乎一样的少女,那么那位扮演黛利拉的少女,确实是蒙特罗斯夫人年纪稍长的侄女。

沃纳先生平淡地回答说:"她确实是莫德·斯坦顿,她可是我们现在最耀眼而独特的新星呢!若她不是我们电影的女主角,公众们都会不满意的!"

"她是一名演员?"亚瑟呼喊道,"我,我还不知道此事呢!"

"她和她的妹妹弗洛伦斯已经和我们签约。"沃纳说,他的语气中带着一丝自豪,"邀请他们做演员花费不菲,不过，我们可不能让任何竞争对手的公司把她们给抢走！"

如果说亚瑟·威尔登听到这个消息会感到失望无比的话，那么他的家人们没有一个人有丝毫失望。贝丝欣赏莫德的优雅和高贵，而帕琪则十分喜爱莫德穿着毛茸茸别致戏服时的可爱模样。姐姐露易丝呢，则觉得能被引荐给一位真正的演员，感到暗暗的荣幸！而我们的约翰，则在思考，这些美好而精致的女孩们都经历了怎样曲折的生活，才愿意做这样一份工作呢？

不久，他们又在跳舞的女孩们中发现了弗洛伦斯·斯坦顿的身影。场景的最后，萨姆森推倒了庙宇的立柱，化为了一堆废墟，表演便结束了。演员们纷纷从表演场地走出来，回到了自己的化妆室。参观者们则被领到了电影城最大的办公室会见戈德斯坦先生，也就是电影城的经理。正巧，坐在办公室窗边的，正是两位女孩的姑妈蒙特罗斯夫人。她正安静地看着书，当大家走进办公室时，她抬头向大家报以微笑。

"你们看了表演吗？"她问道，"是不是很壮观又让人印象深刻？希望你们喜欢莫德扮演的黛利拉，那孩子为了演好这个角色，可费了不少力呢！"

他们告诉她，莫德的表演非常完美。梅里克说："你没有亲自去观赏表演，真是令我很惊讶！"

约翰坦诚的话语，让蒙特利斯夫人不禁笑了起来。

"这对我来说是常事了。"她说道，"我已经看莫德彩排很多次了，其中一些就是萨姆森与黛利拉的场景，一遍又一遍，差不多七八次吧，直到导演满意才行。"

"今天的表演似乎十分完美！"约翰说，"我想，你应该不会亲自参与表演吧，蒙特罗斯夫人？"

"有时候我会帮忙，如果有主妇类型的角色的话，不过我日常主要负责办公室工作。"

"能告诉我们是哪些工作吗？"露易丝问。

"我是阅读剧本的人。"

"天哪，我敢保证我们可从来不知道拍摄电影还有这么多程序呢。"

"剧本就是对情节的描述，也是一摞摞的草稿。每天，全国各行各业的人会从各地将成百上千的剧本寄给我们。"

"我觉得你们应该不会把这么多剧本都派上用场吧？"贝丝说。

"我们当然不能这样做，宝贝，"面对贝丝单纯的想法，蒙特罗斯夫人不禁笑了，"大多数我们所收到的剧本都没什么可取之处，不值得我们花费心思，有些甚至是从其他剧本中剽窃的。偶尔，我们会找到一些情节不错的剧本，就会接受这个剧本，再付给作者稿酬。"

"稿酬是多少呢？"亚瑟问道。

"非常少，我都不好意思告诉你们。对我们电影产业来说，好的构思是基础，如果没有它们，我们无法创造出成功的电影。但是当戈德斯坦购买这些构思的时候，都是花费尽可能少的钱，可怜的作者只能满怀感恩地接受微薄的稿酬。"

"这真让人惊讶！"约翰鼓起勇气说道，"你居然会在电影公司工作，这倒没什么，但是你的侄女们……"

"是的，她们是电影演员，我是剧本阅读者，这就是我们的工作，梅里克先生，我们就是靠这个生活的。坦白跟你们说吧，我现在为此而感到骄傲，我的女孩们都是观众们最喜欢的演员。"

"她们确实是,蒙特罗斯夫人!"戈德斯坦说道,他是公司的经理,也是一位瘦削矮小的男士。他点头赞同道,"她们都是人气很高的演员,也是我们十四家公司里出演价格最高的艺人,但她们值这个价,希望她们都能满意。"

蒙特罗斯夫人不是特别欣赏戈德斯坦,当他离去后,她说:"他只是一个推销员罢了。不过,要使得他们的产业顺顺利利地运行,经理必须得把很多事情记在脑海里才行,要是普通人,一定会受不了的。成功的剧本作者,也就是为我们好电影构思的作者们,才是这门产业的核心,还有导演和制片人,他们负责把作者们的作品以最完美的方式呈现出来。"

"那应该就跟剧院差不多吧。"亚瑟评论说。

"可能跟你想象得不太一样。我们需要场景、服装和演员,而且我们所有的表演都是在摄像机下完成的,与摄影的要求紧密相关。"

就在他们热烈谈论之时,两位女孩走了进来,她们已经脱掉了戏服,换上了自己的衣服,妆容也清洗干净了,看起来清新又活泼。

"姑妈!"弗洛伦斯喊道,冲到了蒙特罗斯夫人面前,"我们今天解放啦!麦克尼尔决定在我们继续表演之前改进一下剧本,莫德和我想下午去沙滩上玩。"

莫德也默默地在旁边支持着妹妹的想法,蒙特罗斯露出了饱含宠溺的微笑,莫德则甜美而又孩子气地向昨日认识的友人问好。

"半天的假期对我们来说非常难得,"她解释说,"我们得从早到晚都做好准备,等待需要我们上场的时刻。电影产业里的女演员就是工作的奴隶，但我们不介意这么努力地工作，等待这么久，就为了上场的时候。"

"不如咱们一起开车去海滩吧！"梅里克建议说，"我们会努力让你们好好享受属于你们的小假期，而且能有你们陪伴，我们也无比荣幸呢。"

"是的，确实如此！"帕琪叫喊道，"我现在对电影产业很感兴趣，有很多问题想要请教你们呢！"

两位女孩欣然同意了约翰的建议，很快便做好了出发的准备。蒙特罗斯夫人也有一辆汽车，他们一行人则分成两队，四个女孩们乘坐由梅里克的司机驾驶的汽车，而梅里克、亚瑟和露易丝则与蒙特罗斯夫人随行。对于年轻人来说，很快便能对彼此熟悉起来，开始拘谨的气氛逐渐便烟消云散了，大家都兴致勃勃地期待着海边的愉快下午。当他们发现彼此都是趣味相投的伙伴时，便兴高采烈地聊了起来，似乎他们是认识了很多年的好朋友。

第五章　惊险救援

"演员这个职业一定很棒吧？"帕琪满怀热情地问道，"要是我有漂亮的脸蛋、姣好的身材或者出色的演技，我也会做一名演员的。遗憾的是，这几样我一个都不具备呢。"

"我觉得，"莫德思索了一下，"对女孩来说，这个职业跟其他职业一样，都挺不错的。不过，生活毕竟不是电影，我们排练时都非常辛苦，我也常常觉得筋疲力竭，害怕自己会体力支撑不住而晕倒。我们刚与电影公司签约的时候，弗洛伦斯就曾经晕倒过一两次，不过，我们现在的公司会更体贴一些，我们也比刚开始时名气更高了。"

"不过这份工作的限制实在太多啦。"弗洛伦斯叹了口气，"我们的工作比那些普通的女演员更加辛苦，因为清晨对我们来说是最佳时段，我们必须得在日出时就到达工作室。当然了，晚上的时间我们可以自由支配，不过，到了晚上，我们都已经精疲力竭、无力享受了。"

"你们选择这个职业，是因为有趣还是出于生活所迫呢？"贝丝一边问，一边思忖着这个问题是否有些无礼。

"完全是出于生活所迫，"莫德笑着说，"我们得挣钱养活自己。"

"你们的姑妈不能帮助你们吗？"帕琪问道。

"姑妈吗？她跟我们一样需要挣钱养活自己啊！"

"亚瑟曾经与蒙特罗斯一家是故交，我们以为蒙特罗斯先生给她的夫人留了一笔不菲的遗产呢。"

"他一分钱也没有留下，姑父是一名股票投机商人，当他过世时，才发现他已经破产了。"弗洛伦斯说道。

"得向你们解释一下，"莫德说道，"数年前，在一场可怕的交通事故中，我们的父母不幸遇难，父亲留下了一小笔遗产给我们，并嘱托乔治舅舅照顾我们，我们被送到女子学校读书。在舅舅去世前，我们都享受着优渥的生活。直到舅舅去世，我们才发现，他不仅将自己的资产挥霍一空，连我们那点遗产也赔进去了。"

"真是太糟糕了！"帕琪同情地说道。

"我可不这么觉得！"莫德沉思了一下，说道，"我们现在比曾经拥有财富时还更加幸福快乐呢，在我们一贫如洗的时候，上天把姑妈赐给了我们，她陪伴着我们，带领我们去奋斗，这个过程也很令人感到享受！"

"不过，你们究竟是怎么下决心踏上演员之路的呢？对女孩们来说，很多职业都可以选择。"贝丝问。

"其他的职业能比演员好许多吗？电影演员与舞台表演大相径庭，我们的演出都是在私下里进行的，虽然是用摄像机记录我们的表演，不过，可比在舞台现场被一千只严苛的眼睛盯着好多了。"

"不过，看电影的可有上百万只眼睛呢。"帕琪说道。

"但我们不在那里！也不会被他们羞辱。"弗洛伦斯笑着说。

"我们只需要取悦一个人便足够了，"莫德继续说道，"那就是导演，如果表演不能令他满意，我们就得一遍遍重来，直到完全符合要求才行。对我们而言，这种对完美的极致追求，就是艺术。我们演员不过是艺术的表现者罢了。我们已经在好莱坞呆了五个月了，不过，即使我们在酒店里或走在街上，也很少有人能认出我们，也不会知道我们曾在电影里出演过。有时候，我们会在街上参加一些公开活动，穿着戏服，这样的情况下很多人会注意到我们。不过，这附近的电影公司太多了，我们不会被当成耀眼的明星，路过的人们也很少会关注我们。"

"你们在倒塌之墙的电影中有演出吗？"贝丝问。

"没有，我们一直在排练'萨姆森和黛利拉'，不过，偶尔我们会被叫去拍一些突发的场景。不久前的一天晚上，一栋巨大的民居楼倒塌了，刚刚起火的时候，一位导演叫醒了我们，我们匆忙穿上衣服，就被汽车拉到了火灾发生的地方，摄像师已经在那里等着我们了，我们得躲过消防员和拿着灭火水管的人。然后，我和弗洛伦斯就被一些演员'成功地从熊熊燃烧的火焰中救了出来'，这样的事情还不止发生一次，已经好几次了。"

"肯定很恐怖吧？"帕琪倒吸了一口气。

"其实挺让人兴奋的。"莫德说。

"公司有一部电影受到了热烈的反响，所以有位作者就又构思了一个故事，故事的高潮部分是讲一个女孩被她的爱人从熊熊火焰中救了出来。我们先是花了一些时间演出了一些其他的情景，最后连接到火灾现场表演，播映后那部电影非常成功。"

"那些导演们一定都是些雄心勃勃的家伙吧？"贝丝说。

"确实是这样，他们总是在寻找着能够产生电影效果的事情，现实生活中发生的每一件小事都能被他们派上用场。摄像师总是散布在各个地方，随时待命。有时候，他们拍的片子最后没什么价值就被毁掉了；但是，有时候，他们所抓住的场景最后却派上了大用场。几周前，在电影拍摄中，我发生了海难，我紧紧抓着一只浮舟，最后获救了。拍摄过程并不愉快，我在水中呆了太长时间，还因此得了重感冒。之所以选我去出演，是因为我会游泳。这些小事件只是我们电影的一部分而已，对电影而言，个人的感受总是得为了艺术而牺牲。有一次，弗洛伦斯从一个三十英尺的悬崖摔下，最后，被底部的一个鸟巢接住。不过，当电影播出时，发现她摔下之后，紧接着的场景是她受伤的身体居然被底部的尼龙布给接住了。"

"他们是怎么做到的呢？"帕琪问。

"关掉摄像机，切掉她被鸟巢接住的画面，然后用另一个画面替代。画面中，弗洛伦斯整个人躺在乱石上面，这也是事先精心安排好的。我们有很多类似的伎俩。有时候，连我自己看到电影里最后那些实际的效果，都觉得很讶异。"

"拍电影肯定比舞台表演有趣多了。"

"我觉得应该是吧！不过，我们从来没有登台表演过。"莫德说。

"你们最开始是怎么碰巧踏入这个奇特的行业的呢？"帕琪问。

"呃，我们发现自己一贫如洗后，便开始思索着该做什么工作来养活自己。姑妈的一位朋友认识一位电影制片人，他正巧需要五十位年轻女孩演出，一天能挣五美元。于是，弗洛伦斯和我便申请了这份工作，两人加在一起挣到了十美元。后来经理想要长期聘用我们，再加上姑妈是我们的监护人，最终我们接受了这份工作。最开始的几周，我们也只是扮演一些群众演员的角色，比如合唱团女孩之类的。渐渐地，他们开始交给我们一些更为重要的角色。当我们发现自己对电影制片人的价值后，姑妈成功为我们争取到了更好的待遇，所以我们在过去的两年内演出了三部不同电影的重要角色，而姑妈作为一名出色的剧本审读人也受到了关注。"

"你们两位都是出演重要角色吗？"贝丝问。

"通常是吧，弗洛伦斯在电影界被视为最棒的儿童演员，不过，没有适合儿童出演的角色时，她也会演其他角色。比如，今天，你们就看见她在跳舞的女孩中间。我主要出演天真无邪的少女角色，这类角色现在很常见，我其实根本不想出演'黛利拉'的角色，觉得自己年龄还不够，不过麦克尼尔先生希望我在电影中出现，所以，我就得使自己看起来尽量靠近角色才行呢。"

"你做得很棒了！"帕琪喊道，语气里满溢对莫德的赞美之情。

听到这样的赞美，莫德不禁脸红了，不过，她还是轻描淡写地说道："我不知道自己算不算是一名优秀演员，不过，我不打算长年从事这门职业。我们目前的报酬还不错，不过戈德斯坦先生也一直在提醒我们，要开始减薪了。一旦我们赚到了足够可以舒适生活的资本，我就会放弃这门职业，然后像其他的女孩们一样生活。"

"事实上，"弗洛伦斯说，"如果我们变老了，就没有人愿意聘用我们了。所以，我们不得不利用短暂的这几年去储存一些资本才行。"

"会不会有许多出演舞台剧的女演员踏入了电影行业呢？"贝丝问。

"有一些，但都不是合格的电影演员。"莫德回应说。

"在无声剧里，面部表情和传递信息的肢体语言至关重要,也就是说,表演必须能够代替语言来表现演员所有的情绪。有人告诉我,有一些演员,比如说'兔子'和斯特灵梅斯,在舞台剧的表演中,她们很失败,然而在电影中,她们是十分优秀的演员;反过来呢,一些非常著名的舞台剧演员在电影中则束手无策。"

一行人到达圣莫尼卡后,梅里克邀请大家参加他举办的午宴。午宴在一个环境舒适的餐馆内举行,这家餐馆可以遥望蓝色的大海。虽然此时正是西部的冬日淡季,但在这里却是艳阳高照,年轻人们都在蓝色的太平洋中畅游着呢,许多和他们一样的人也在享受着大海美好的恩赐。

蒙特罗斯夫人和约翰坐在沙滩上观赏着满是欢乐的情景。此刻,年轻的孩子们在海中遨游着,水花四溅,似乎相处得十分愉快。帕琪对莫德说:"你的姑妈真的很棒!舅舅和女士在一起时总是十分羞涩,很难跟他融洽相处。"

"他看起来像一位和蔼的老绅士。"莫德说。

"他确实是全世界最好的人,如果,他喜欢你姑妈的话,说明她也是很棒的人,在挑选朋友的问题上,约翰的直觉总是很准,他……"

"天哪!有人遇到危险了!"莫德叫喊道。

她朝海浪的方向望去——今日的海浪格外高。接着,帕琪便看见她以惊人的速度游了过去,海岸边游泳的人们很多,但只有少数人勇敢地游了过去,刚开始,她感到很疑惑,不知道他们为什么这样做,但是此刻,波峰上出现了一个深色的影子,他奋力地挥舞着双臂,但接着便消失了。

帕琪尽助所能在海面上寻找莫德,看见她仍奋力向前游着,不过,她离陷入危险的那人距离还很遥远。帕琪突然急中生智，冲上了海滩，那里正停泊着一艘小船。

"快点，亚瑟！"她喊道。此时亚瑟正在岸边悠闲地游着呢，他似乎听到了她声音里带着一丝恐惧，赶紧帮助她把小浮舟推进了海里。

"赶紧跳进去！尽你的全力划桨！"她喘着气说道。

年轻的亚瑟立刻照做了。他虽然没有问什么，但是，他意识到某人正处于危险之中，他用力地划着桨，帕琪则在掌舵。

不知情的人们仍处于一片热烈的欢腾之中，全然不知悲剧已经近在咫尺。人们的叫喊声在帕琪的耳边回荡着，她认真看着前方，寻找着能够指引她的标志，她看到了前方的莫德，已经远远超过了其他人，她不时潜入海浪中，在海浪中回旋，但那个身影总是一再错过。

"不管是谁，这次肯定都完蛋了！再快点，亚瑟，我担心莫德已经筋疲力尽了。"帕琪喃喃地说。

但就在那时，莫德再一次潜入了海里，再次出现的时候，她正紧紧抓着某个深色衣服的人。那个人已经奄奄一息了，当浮舟划到她身边时，莫德说道："把他弄到岸边去，不用管我，我没问题。"

亚瑟俯下身子，将那人从船舷上拉了上来，帕琪则紧紧抓住莫德的手把她拉了上来。她身体状况还不错，但是她已经用尽全力援救那名溺水男孩，也不免开始气喘吁吁。

"他是谁？"帕琪问。亚瑟则将船向岸边划去。

莫德摇了摇头，向前倾着身子，才第一次看到她救上来的人。

"我从未见过他，是不是我太迟了，现在才把他救上来，太糟糕了！"

帕琪点点头，凝视着眼前这孩子苍白又脆弱的样子。他躺在她脚边，已经了无生气，的确太晚了，他只是位年少的孩子，未来生活的大门本应朝他敞开着。

一些游泳的人注意到了他们的施救行动，当船靠岸的时候，大家围了上来。总是关注着侄女的约翰，目睹了救援的每个细节，十几个壮汉将浮舟拖上了沙滩，梅里克发动了汽车，用力地喊着："现在赶紧上来！"于是，在司机的帮助下，他们把溺水男孩抬上了车。

"去医院吗？"帕琪问道。

"是的，不过你们女孩不能一起去，你们还穿着湿透的泳衣呢，我会尽我所能的。"梅里克说完，汽车便疾驰而去。莫德轻轻摇着头，"恐怕他是对的，我们现在已经无能为力了。"

"还有很多能做的呢。"帕琪说，"不过，或许不能挽回他的生命，但无论如何，我们尽可能迅速地做出了一切努力，不曾浪费一分一秒。"

贝丝和弗洛伦斯也跟了上来。露易丝也跑了过来，急切地问道："救上来的是谁？帕琪。"

"我们也不认识，是个可怜的孩子，或许游得太远了，腿抽筋了吧！也有可能他的力气都用光了，他看起来很瘦弱。"

"我第一次看到他，他就在挣扎，"莫德说，"人们都在谈笑打闹着，听不见他的呼救声，看着那可怜的男孩溺水，实在太悲惨了。"

"确实是。"亚瑟说，"人们都只专注自己，喧闹无比，以至于连孩子呼救的声音都听不到了。"

围观的人群了解了事件始末，开始冷静下来，大多数人都离开了海滩，成群结队地去洗澡房更衣。蒙特罗斯夫人建议女孩们赶紧穿上衣服，此刻她们正穿着湿透的泳衣瑟瑟发抖。

她们梳妆完毕一小时后，梅里克先生才回来，他离开了这么久，大家都感到十分忐忑，直到看见他笑容满面地开车过来，这才让他们燃起了一丝希望，异口同声地叫喊道："怎么样了，舅舅？"

"我觉得他会挺过来的，"约翰欣慰地说，"无论如何，他活过来了，已经恢复了呼吸，医生们说这孩子肯定会快速恢复过来的。"

"他是谁？"他们聚在他身边，着急地问。

"亚乔。"

"阿什么？"帕琪问道。

"亚乔，亚乔。"

"他一定告诉你的是化名吧？"

"他什么也没告诉我。他一恢复神志，就睡了过去，我离开他的时候，他睡得很平静。不过我们翻遍了他的衣服，希望能找到一些关于他朋友的线索，这样就能通知他们了。他的泳衣是他自己的，不是租赁的，亚乔这个名字被绣在上面，洗澡房号的钥匙也拴在他的手腕上。负责人安排了一名男士去寻找他的衣物，我们也检查了一遍，上面也印着金色的亚乔。他的卡包里也有许多卡片，上面写着亚乔/桑荷阿，但是没有信件或者其他纸张。"

"桑荷阿在哪里？"贝丝问道。

"似乎没人知道。"约翰说,"他的钱包里有不少现金,还有一块名贵的手表,但没有其他值钱的东西。他的衣服是由一位洛杉矶裁缝做的,但是大家打电话询问这位裁缝时,他对这位顾客一无所知,只知道他预订了这件衣服并且预先付款了。他是三天前预订的,并且亲自去把衣服拿走的,所以我们没有他居住地的任何线索。"

"这不奇怪吗?或许说有些可疑?"蒙特罗斯夫人问。

"我觉得没有,"梅里克说,"我们现在做这些调查,是担心他会死去,以便联系他的朋友或家人,但是他很顺利地渡过了危险期,香甜入睡了,医院的人也不再担心他了,他看起来就是位很普通很健康的年轻人罢了,住几天医院应该就能康复了。"

"不过,桑荷阿是一个镇还是一个国家,舅舅?"

"可能是不出名的乡村吧,我猜。你也知道,这里的人们来自美国的各个角落。"

"听起来有些像西班牙文,说不定他来自墨西哥呢。"亚瑟评论道。

"或许吧,"约翰同意他的说法,"不管怎样,莫德拯救了他的生命,他应该感谢她才对。"

"这不算什么。"莫德说道。所有的眼光都转向了她,她有些害羞,脸蛋闪烁着美丽的粉红色光泽,"能及时注意到他,真是感到很欣慰。不过现在,他身体恢复了,也不必知道是谁救了他。而且,为了救他,帕琪、威尔登先生和约翰先生也都跟我一样尽了全力。或许可以说你们救了我们俩,你及时把他送到医院才是拯救他性命的关键因素呢。"

"这些故事都被记在了医院的记事簿上了。"约翰说,

"为了存档,我不得不把整个故事全盘托出,我们的名字都被记录在册了,所以一个人也逃不了。"

"这也是应该的,"蒙特罗斯夫人微笑着说,"你们四人确实挽救了一个瘦弱的男孩。"

"是啊,他确实需要我们去拯救。"弗洛伦斯笑着说。"不过,"她漂亮的脸颊露出几分严肃的神色,"我相信一切都是命运的安排:那个男孩本来就会溺水,而我建议我们踏上这次旅途,无巧不成书啊。我自己也该受到一点点嘉奖才对。"

"这么看的话,"帕琪说,"电影制片人也挽救了男孩的生命,因为他给你们放了半天假!"

这番话引起大家一阵哄堂大笑,大家的情绪也都恢复了常态。为了庆祝此次事件,梅里克先生提议,在返回好莱坞之前,带领大家去洛杉矶一家超棒的餐厅吃晚餐。

晚餐后,大家因为一整日的经历而愈发亲密起来,当大家最终要面临分别时,彼此感觉对方已不是新认识的朋友,而是相知多年的好朋友了。

第六章　亚乔

第二天清晨，斯坦顿她们在'电影工厂'（她俩发明的名称）有演出工作，所以，在梅里克一行人还未到达餐厅享用早餐之前，她们就离开了酒店。

"我得给圣莫尼卡医院打个电话，看看那孩子恢复得怎么样了。"约翰说道。早餐结束后，他去打电话给医院，回来时，脸上带着疑惑的表情。

"亚乔消失了。"他对大家说。

"消失？什么意思啊，舅舅？"贝丝问。

"他很早就醒了，告诉医生说他已经痊愈，付了账单，向医院的主管道别后便离开了。他不停地询问是谁救了自己，护士就给他看了他被救的全部经过的记录本，但他没有透露自己的身份和地址，或者是将要去哪里。感觉有些奇怪，是不是？"

大家也都认为确实很奇怪。"不过，"帕琪说，"他身体能够恢复，我就感到很开心了，我想莫德知道了也一样。这位男孩完全有权利保护自己的隐私。但他至少应该告诉我们开头的A代表什么，桑荷阿究竟是在哪里。"

"我也一直在思考桑荷阿究竟是什么。"刚刚走进来的亚瑟说，"没人比我们更聪明，但就我所发现的，美国或墨西哥也没有这个地名。文员给我们发了一份阿拉斯加的地图，或许我们能在地图上找到桑荷阿这个地方。"

"这个十分重要吗？"露易丝问道。

"是啊，我们可不希望被当成傻子。"帕琪说。

"我觉得应该是，"正凝视着窗外的贝丝插话道，"来自桑荷阿的年轻男孩来到了这里！"

"哪里？"大家异口同声地问，纷纷挤过来要瞧一瞧。

"快过来看！那不就是莫德救上来的神秘男孩吗？"

"确实是那个神秘男孩啊！"约翰说道，"我想他应该是来寻找我们道谢的吧！"

"看在上帝的份上，姑娘们，你们要使劲儿问他，看看桑荷阿究竟在哪里。"亚瑟匆忙说道。接着，一名侍者拿着一张卡片走了过来。

当神秘男孩向他们走来时，他们好奇地看着眼前这位年轻人。他似乎尚未成年，瘦削的身材，脸上带着疲惫的表情，这表情似乎并不是因为最近的经历，而是习惯性的表情。他的整个仪态却不是无精打采的，而是井然有序的感觉。同时，他保持着异常的警觉，似乎总在防卫着什么。他衣着简单，却很有品位，在向大家深深鞠躬的时候，未显露出一丝害羞之情。

"噢，"约翰说道，衷心与他握手，"很高兴能看到你完全康复了。"

男孩的嘴角边掠过一丝浅浅的微笑，有些悲伤和不以为然的情愫似乎在一瞬间从他的表情中显露出来，又很快隐没。他缓缓回应的时候，脸上开始显露出温和的表情："我已经完全康复了，先生。我来到这里是为你们昨天的救援之举而表达我的感激之情的，对于你们的全力施救，我能做的就是向你们表达我的感激。"

这时，他开始望向三个女孩，继续说道："请您告诉我是哪个女孩游过来救我的？"

"噢，她没在这里。"帕琪说道，"是斯坦顿小姐，莫德·斯坦顿,她看到你在挣扎的时候,便奋力游向了你,直到救援抵达之前,她一直努力让你浮在海面。"

"那么斯坦顿小姐在哪里呢?"

"现在不在这里,不过她一直呆在这个酒店。"

男孩神色严肃,思索了片刻。他站立着,身体轻微摇晃,感觉还是很虚弱,约翰便抓住他的手臂让他坐在了宽大舒适的椅子上。

男孩叹了口气,从口袋里掏出一本备忘录,看了一眼。

"就在我们快要下沉的时候,道尔小姐和威尔登先生用浮舟把我和斯坦顿小姐救了上来,"他说,"如果道尔小姐或者威尔登先生在这里的话,请你们告诉我。"

"我是亚瑟·威尔登。"亚瑟说道,"不过我只是担任船夫的角色罢了,是道尔小姐让我这样做的,我向您介绍她吧!"

亚乔用诚挚的眼神望着帕琪,微笑着伸出手:"谢谢你!"接着,他又与威尔登握了握手。然后他继续说道:"感谢梅里克先生送我去医院,医生告诉我说,这及时的一举才给了他们能把我挽救回来的可能。现在,出于感激和礼貌,似乎应该告诉你们我的身份和遭受这次危险的经过了。"

他停顿了一下,看了看大家,每个人的脸上都写满了好奇。趁着这个空档,亚瑟也把亚乔介绍给露易丝和贝丝认识,大家便都坐了下来。面对陌生人,约翰用坦诚而友好的口吻说道:"你想告诉我们多少事情都可以,亲爱的,我向你保证,我们不会过问你的隐私的。"

"谢谢你,先生。我是美国人,名叫亚乔,虽然我声称自己是美国人,但其实我出生在太平洋一个鲜为人知的小岛上,这个小岛是大约三十年前我父亲从乌拉圭政府那里购买的。"

"桑荷阿?"亚瑟问道。

他似乎有些惊奇,但仍欣然答道:"是的,桑荷阿。我父亲是约翰·保罗·亚乔的侄孙,他为此而感到骄傲,不过他不是一名水手,而是一位科学家,他选择隐退的生活来过完这一生。"

"那意思就是你的父亲已经不在世上了吗?"梅里克问。

"一年前他去世了,就在他挚爱的小岛上,我母亲也于多年前去世。在桑荷阿,我感到很孤独,便很想去看看母亲常常对我提到的美国。数月前,我到达了旧金山,从那时开始,我便开始环游你们的国家,也是我的国家,我能这样称呼吗?我也在研究和学习你们的现代文明。我在纽约整整呆了三个月,返回到这个海岸差不多刚好十天左右。"

他突然停了下来,似乎觉得自己已经说得够多了。这番简短的描述激起了大家的兴趣,不过接下来的停顿则让气氛显得很尴尬。

约翰为了缓解尴尬的气氛,说道:"我想你应该去探望了你父母的亲戚吧。"

"美国没有我认识的亲戚。"他回答说,"在这世界上,我感到十分孤单。你们不会以为我水性不好吧?"他继续说道,似乎想转移刚刚不愉快的话题,"从我记事起,我就整日泡在大海里。不过,我身体很差,有消化系统的慢性疾病,这也是我的软肋。昨天,我突然一点力气也没有了,一下子就陷入了危险。"

"莫德能够注意到你,真是很幸运。"帕琪说,语气里饱含同情。

这一次,男孩望向了帕琪,露出有些悲伤的笑容,让他的脸庞变得柔和温暖起来。

"我也不确定对我来说是不是全凭运气。"他说,"尽管我的胃一直不好,但我无意通过溺水结束我毫无意义的生命,我不是一个愤世嫉俗的人,这世界对我的意义,远大于我对这世界的意义,但这不是我的错。请原谅我,跟你们谈了这么多关于我的事情。"

"我们都很有兴趣,"帕琪说道,"如果我们确实在昨日帮助了你,那么,能够知道一些关于你的事情,我们感到很欣慰。"

"我想要见见斯坦顿小姐,亲自感谢她。"他说道,"所以,如果你们不反对的话,我打算入住这个酒店。现在我身体还有些虚弱,或许我休息一下再见她会更好一些。"

"她五点前不会回来的,"梅里克先生解释说,"斯坦顿小姐的工作跟电影公司有关,你知道的,她们白天都很忙。"

刚开始,他似乎有些惊讶和疑惑,他想了一会儿,说道:"那么,她是一名演员吗?"

"是的,她和她妹妹都是演员,她们的姑妈蒙特罗斯夫人陪伴着她们。"

"谢谢,那么我争取今晚能见到她们吧!"

他一边说着,一边吃力地站了起来,向大家告别。亚瑟陪同他走到前台,试图帮助他,但男孩说他什么也不需要,好好休息就行了。

等到男孩离开前台去房间休息后,帕琪说:"想想看吧!我们还是不知道A代表什么。"

"亚瑟。"露易丝说。

"艾伯特。"贝丝说。

"或者阿尔杰农。"约翰轻轻笑着。

"我已经设想好了一个浪漫的故事,"道尔小姐说,"亚乔将是故事的男主角,他会爱上莫德,带她一起回到岛上。"

"我可不觉得会有这样的结局。"约翰说,"他如果爱上莫德,我一点也不会觉得惊讶,我们都很爱她。但是莫德,或者说其他任何一个女孩,怎么会被一位瘦削而且疾病缠身的男孩吸引呢,例如亚乔。"

"即使他有这些缺点,但他仍然是个十分有趣的人!"贝丝坚持说。

"他肯定会赢得她的同情的。"露易丝说。

"不过,首先,"帕琪说,"他有一个从父亲那里继承的岛屿,对任何女孩来说,这可是很有吸引力的哦!"

第七章　患者

夜晚，莫德回到酒店时，被女孩们给拦了下来，并且将亚乔的事情一五一十地告诉了她。故事讲完之后，亚乔也迟迟没有出现。于是女孩们便精心打扮，并在用完晚餐后前往大厅里相见。约翰告诉她们，他已经安置了一张硕大的圆桌，准备开一场派对，他还为亚乔预留了一个位置，因为他可能也会参加。

不过，亚乔并没有出现，大家依次走进了餐厅，帕琪则愤愤地说：

"我觉得亚乔一定是精神恍惚了，需要休息呢！"

"他可能是发现自己太虚弱了，不能出现在公共场合了吧。"弗洛伦斯说道，"我敢保证，要是我几小时前溺水过，现在宁愿呆在床上而不是参加派对活动。"

"他能够鼓足力气来见我们，我已经很惊讶了。"贝丝说，"他可能太虚弱了，不过至少他存有感恩之心。"

"亚乔看起来是位非常绅士的年轻人，"梅里克说，"他有一些羞涩，不太擅长社交，可能是他长时间在岛上的孤独生活所导致的吧。不过我觉得他应该接受过很好的家教。"

当他们从餐厅里面走出来时，发现西边走廊上正有许多搬运工正在搬着几棵粗壮的树干，每个树干的末端都写着"亚乔"。

"呃，"贝丝说，露出开心的微笑，"他可能打算呆上一阵子了，你有机会见到他了哦，莫德。"

"很开心能见到他，"莫德说道，"我一直都很想知道我救上来的是怎样的一个人，你们一直都没有给我讲清楚过。我会注意到他，他应该还有一些特别之处。"

"当然，"弗洛伦斯说，"完全出于好奇的话，值得看他一眼，不过要是一直缠着你，老是对你表达感激的话，那可真是糟糕透了。"

"我觉得他不会这样做。"帕琪说，"亚乔其实让我印象深刻，在一个羸弱的身体内，有着一个相当智慧的灵魂。我敢保证，他一定不会让你觉得无聊；不过，他也不会让你觉得很有趣。另外，我很好奇他为什么不使用他的全名，那个神秘的A真让我觉得疑惑重重呢。"

"是一个英国的词汇吧，我猜想。"贝丝说。

"但他不是英国人，他是美国人。"

"桑荷阿人。"贝丝纠正道。

"或许他不喜欢他的名字，或者觉得是耻辱吧。"约翰说。

"可能是'押沙龙'"，弗洛伦斯说，"我们以前认识一名叫做押沙龙的演员，他总是自称为'阿贾德森基斯'，他是位高贵的男士，有一天，我们称他为'Ab'，他当时气愤极了。"

"维尔纳先生今天变得歇斯底里了，"莫德说道，"不过我不怪他。他让一队人马骑在马背上走下陡峭的山坡，作为电影场景的一部分。可惜出了一个糟糕的事故，一匹马踩到了地鼠洞，摔了下去，其他的十二匹马连同骑手也摔倒了。"

"真是糟糕！"大家都发出了惊叹声。

"一些马的腿摔伤了，不得不被杀掉。不过骑手中，除了骑着野马的赛迪马丁外，其他人都没有受重伤。可怜的她被压在马匹下面,医生说她好几个月都不能工作了。"

"天哪,就为了拍电影,受伤这么严重!"帕琪愤怒地叫喊道,"我希望你不要冒这些风险,莫德。"

"不会的,弗洛伦斯和我都学会了辨认野马。现在我们的演出也都是在平地上。当然,我们也会冒一些小风险啦,不过跟其他风险比起来,这算不上什么。"

"我希望你提到的那个小女孩能够早日康复,有足够的钱使她度过这次危机。"约翰急切地说。

"经理会照顾她的,"莫德说,"我们电影人经常会出现这样的问题呢,马丁的工资还是会照常发的,直到她能够再次演出。"

"好吧。"贝丝长舒了一口气,"我猜想这件事会上明天的报纸。"

"啊,不会吧?"莫德喊道,"这些事件从来都不会上报纸的。在洛杉矶,这样的事情屡屡可见,毕竟成千上万的人们都在电影行业工作呢。公众们都不会看到这些与事故有关的消息,这样会影响人们对电影的兴趣,或许会让电影越来越不受欢迎呢!"

"我还以为公众们喜欢轻率鲁莽的行为呢!"亚瑟说。

"呃,确实喜欢。"莫德同意他的说法,"不过关注电影的人们似乎不会把发生在眼前的事情当真,会以为这些就只是电影而已,是一种简化的故事。观众们喜欢它们带来的兴奋感,如果他们停下来思考,会发现电影是真实的人为了使观众们开心,而做出各种危险的动作,很多观众肯定会觉得十分恐惧而不再喜欢电影了。当然,电影制作方会尽全力保护他们的演员,即使这样,受伤还是会发生。"

大家退到了公共大厅一个舒适的角落里面，就这个有趣的话题展开了讨论。这时，他们看见亚乔朝他们走了过来。他身着高贵华丽的晚礼服，但他步伐缓慢而拖沓，面色非常苍白。

亚瑟和约翰为他准备了一张舒适的椅子，帕琪则把他介绍给蒙特罗斯夫人和她的侄女们。男孩非常诚恳地握住了莫德的手——主要依靠她的帮助，他才得以获救。从亚乔的举止表达就能看出，他十分感谢莫德。

而莫德则微笑着表明，自己的行为不值得过分赞美，她轻描淡写地说道："我知道我不该说我的行为算不上什么，因为你的生命是珍贵的，亚乔先生。但是除了引起帕琪的注意，游向你和让你浮在水面等待救援之外，我也没有做其他什么事情。我本来就擅长游泳，所以这一点也不困难。"

"任何一个人身处危险，你肯定都会做出同样的举动。"他说。

"当然。"

"我知道对你们而言，我十分陌生，但是，我却带给你们这么多麻烦。你们注意到了身处险境的我，并且帮助了我，我希望你们能接受我的敬意。"

"这一切都是命运。"弗洛伦斯说道。

"这是什么逻辑，"莫德反驳说，"我只是碰巧是唯一望向大海的人。我觉得亚乔先生，你应该给我们道歉，而不是感谢我们。因为是你的疏忽大意才导致了这场事故的发生，你有些过于冒险了，在海岸边做出这样危险的事情，海浪上扬会导致回头浪，你这样是很鲁莽的。"

"你说得对，莫德小姐，"他承认说，"我并不了解这片海岸，愚蠢地把它想象成了以前的太平洋，那个我从儿时起就玩耍的地方，海也是我的朋友。"

"希望你今晚身体好转一些了，"梅里克说，"我们期待着你和我们一起共进晚餐。"

"我，我很少在公共场合用餐。"他解释说，脸颊泛起了微微的红，"因为我身体的原因，所以总是体力不支。我随身携带了许多食物片，都是在房间里吃的。"

"食物片？"帕琪喊了出来，有些惊恐的神色。

"是啊，就是圆片而已，没有害处，而且我只能吃这些东西。"

"怪不得你的胃不好，而且骨瘦如柴呢！"女孩们轻蔑地说。

"宝贝，"约翰轻声责备道，"我们必须要相信亚乔先生，他知道什么才是对自己最好的。

"不是的，先生，"男孩急忙说道，"我对健康、药物之类的东西一窍不通，不过在纽约的时候，我咨询了一位著名的医生，他告诉了我该怎么做。"

"这就对了，"约翰点点头，他一辈子还从未生过病呢，"人们不是说吗，要接受医生的建议，倾听律师的意见，拒绝银行从业者的建议，这才是最聪明的人。"

"你离开家的时候，就已经生病了吗？"蒙特罗斯夫人问道，带着母爱般的同情望着这位年轻人。

"我离开小岛的时候还没有。"他说，"我那时身体还很棒。不过，在漫长的航行中，我身体状况变得很差，到达旧金山的时候，我的肠胃已经一团糟了。之后，我试图在餐厅和旅馆吃一些比较昂贵的食物来挽救我的肠胃，虽然我们在桑荷阿过着很朴素的生活。到达纽约的时候，我已经被确诊为消化不良了，经受了不少折磨。似乎每一种食物都不适合我，所以我去见了那位著名的专科医生，他为我这样的患者发明了这种食物片剂，嘱咐我只吃它就行了。"

"那你身体恢复了吗？"

"有时候我会想象，觉得自己好些了，就不用遭受这么多痛苦了。不过，似乎我身体状况越来越不好。"

"难怪！"帕琪说，"如果你老是挨饿的话，是不会变得强壮的。"

他看了她一眼，脸上带着一丝惊讶的神情，接着，他突然问："那你建议我怎么做呢？道尔小姐？"

听到这个问题，大家都不禁笑了起来。帕琪脸颊一下子变得绯红，掩盖了她茫然的神色，于是她问道："那你会听从我的建议吗？"

他做了一个鬼脸，尽管他身体虚弱，但这个男孩身体内还是藏着一些幽默基因呢！

"询问你的建议，是想要知道你是怎么看待我这样的奇特处境。虽然，你们国家最好的医生已经对我的饮食进行了规范，但我觉得我确实在让自己挨饿，我需要更富有营养的食物。"

"我不怎么相信医生。"帕琪说，"如果你相信医生的话，就继续这样做吧，最后会让自己奄奄一息。根据常识，你应该吃足量的健康食物，但是你有可能会出现消化紊乱，而这也可能致命。所以，我也不推荐这样做。"

"不管怎样，我已经没有救了，"他幽幽说着，"我就知道是这样。"

"你怎么知道呢？"莫德问道，语气中带着几分责备。

亚乔沉默了一会儿，接着说："我都忘记是怎样开始这个话题的了。似乎不该跟你们谈论这些，你们肯定会觉得我是个很没用的人。"

"呃，我们只是把你当成一位朋友而已，你要相信我们真的很关心你。"约翰说道，和蔼地将手搭在亚乔的肩膀上，"你确实看起来状态不怎么好，不过你的状态离绝望还差得远呢。帕琪过于坦诚，是她的缺点，可也是她最主要的优点，是她让你谈起了自己的事情，没想到你是个这么沮丧的孩子。对了，你是怎么形容沮丧的呢，贝丝？"

"悲观。"

"对，悲观。"

"并不是这样的，先生。"男孩嘴角泛起了一丝微笑。

"患上这么要命的疾病，我或许很难过，但我并不沮丧，想到自己糟糕的身体状况和内心对生活的热望，我会告诉自己一定要坚持下去，我深信，是命运女神编织了我们的命运之线，但当她编织我的时候，似乎用了不好的材料，不过没关系。"他说道，"在生活的道路上，我努力让自己做得更好。我也一直遵循着医生的嘱咐，用我内心的所有勇气来面对未来，但如果你们认为我还做得不够好，我愿意接受你们的建议。"

他的语气比他说话的内容听起来更为悲伤，莫德看着眼前的男孩，意识到他已时日不多的时候，眼里噙满了泪水。帕琪带着几丝不解的情绪吸了吸气，什么也没说。贝丝则用漠不关心的口吻说出了让大家震惊的话，她说："介入到你的命运中，是我们太冒昧了，或许你对自身情况的判断彻底错了呢，毕竟一个病人也没什么判断力，如果你坚决认为自己没有将来了,那你还期待什么呢?"

　　没人去为这番话争辩,大家又陷入沉默,气氛变得越来越尴尬。这时,静默被一阵匆忙的脚步声打破。

第八章　名字的魔法之谜

来人是戈德斯坦，大陆电影公司的经理。他眉头紧皱，神情严肃。他粗鲁地走到大家中间，连声正式的问好都没有，就对着斯坦顿姐妹怒吼起来。

"这究竟是什么意思？"他问道，语气明显很激动，指着姐妹俩的手指也颤抖着，"我公司旗下的演员，怎么会为其他公司工作？到底是怎么回事？"

莫德脸色一下子变得苍白，她站了起来，面对着经理，他的双眼闪烁着怒火。弗洛伦斯怯怯地拉着姐姐的袖子，勉强挤出一丝微笑："快坐下，莫德，他可能是喝醉了。"戈德斯坦又恶狠狠地把目光对准弗洛伦斯，不过，此刻亚瑟抓住经理的手臂，把他揪了过来。

"先生，你太无礼了，"亚瑟愤怒地说，"如果你与这些女士们有什么事务要谈，应该选择一个合适的地点和时间坐下来好好讲。"

"我确实有事要谈！"戈德斯坦的语气中透露着暴躁的情绪，"她们让我感到羞耻，而且太不专业了！她们耍了一个小把戏，我有权知道他们为什么在接受我的薪水的同时为竞争对手的公司工作。"

蒙特罗斯夫人站了起来，优雅地说道："戈德斯坦先生，如亚瑟先生所说，你确实很无礼。不过在我朋友们的面前，你说了这么多话来诋毁我的侄女，你必须解释清楚究竟是怎么回事。"

面对大家的态度，经理似乎有些惊讶，他看看大家，用稍微温和的语气说："对我来说，要解释这个太容易了，不过,斯坦顿姐妹该怎么解释他们的行为呢?她们与我们签订了合约,只能独家为我们公司演出,可她们为什么为我们的竞争对手日冕公司拍了一部影片?"

"你误会了,先生。"亚瑟反驳道,"年轻女士们整个下午都跟我们在一起,根本没有拍任何类型的影片。"

"不可能!"戈德斯坦说道,"我在市中心看到了。那时,我正好经过一个剧院,就看到了那张海报,上面写着:'由电影节女王莫德·斯坦顿主演,感人大片,片名为"勇敢的拯救",今晚首轮放映。'我走了进去,亲眼看了电影,莫德·斯坦顿正在大海的场景中,拯救了一名溺水的男人,你不要再否认了,小姐。"他转过身,恶狠狠地看着莫德,"这可是不到一小时之前,我亲眼所见的!"

他说完后,大家陷入一片惊人的沉默中,接着,便爆发出一阵哄笑声。首先发出笑声的是弗洛伦斯,她笑得前仰后合,就连亚乔也大声地嘲笑着这位经理。面对大家的嘲笑,戈德斯坦越来越茫然。

"那些日冕公司的人实在太厉害了吧,"亚瑟说,"昨天,我不知道他们有摄影师在海滩上,不过,他们确实拍到了非常不错的画面。那些画面不是演出来的,而是真实故事,戈德斯坦先生。"

"那个女孩就是莫德!"经理坚持说。

"是的,有她,还有其他女孩,是一位男士真的溺水了,勇敢的莫德游过去救了他,根本没有刻意演出!"

"我不相信!"经理粗鲁地吼道。

亚乔挣扎着站了起来。

"确实是这样,"他说,"我就是斯坦顿小姐救上来的那位溺水者。"

"或许就是你吧，"他承认说，"看起来影片里那个人跟你的装束差不多，那你怎么能证明你不是为日冕公司的人工作呢？"

"我可以保证。"

"我可不认识你。"

"我知道你不认识。"男孩冷冷地回了一句，"这是我的名片，或许你会认识这个名字。"

男孩在口袋里摸索了一下，拿出了一张卡片，递给了经理。戈德斯坦看了看，脸色转红，接着又变白了，突然，他开始对这位年轻人毕恭毕敬、点头哈腰起来。

"请您原谅我，亚乔先生。"他喘着气，"我，我听说你住在这附近，但是我，我没能认出你。我，我希望您能够原谅我，我以为我的雇员们背叛了我，所以很生气，希望您能理解，维护大陆电影公司的利益是我的职责。当然，现在一切都没事了，是吗，亚乔先生。"

"你最好赶紧离开！戈德斯坦。"男孩用不耐烦的口吻说道，一边坐了下来。

经理迟疑了，接着，他向莫德及其他人深深鞠了一躬，口中喃喃说道："一切都是误会，希望各位原谅我。"

他一边转身离开，一边不停鞠躬，然后便迅速逃离了。不过，没人特别去注意他，这一次，大家的注意力与好奇心可都在亚乔身上了呢！

"戈德斯坦真是个没教养的家伙！"亚乔生气地说道。

"我也这样觉得。"莫德缓缓地说，"不过，他要求我们解释也很合情理。不同电影公司之间存在着激烈的竞争，日冕公司把我的名字放在海报上,这做法可太卑鄙了。"

"我觉得挺好的呢!"帕琪喊道,"你知道他们是怎样拍下来的吗?"

"他们的摄影师无处不在,四处寻找着有价值的画面。"蒙特罗斯夫人解释说,"如果发生火灾的话,极有可能摄影师会比消防员更早达到现场,如果发生一个事故,在受害者还没意识到发生了什么之前,摄影师就已经拍下了画面。或许那个摄影师在海滩上已经驻扎数周了,耐心地等待着某个惨剧的发生。不过,他昨天应该就在现场,并且在援救的过程中悄然拍摄着。能拍到莫德,可真是比中彩票还难得呢!不过,他们把莫德的名字与电影放在一起,太不公平了,他们明明知道莫德是大陆电影公司旗下的艺人。"

亚乔站了起来,神色有些疲惫。

"请各位原谅我,"他说,"我打算回房间了,能和各位促膝短谈,让我很开心。在这世上,我感觉实在太孤单了。或许你们会允许我在另外某个时间再和各位聊聊天。"

大家很快便向他表示,时刻欢迎他的到来。帕琪甚至带着甜美的微笑说,自从他们把他从大海这个坟墓里面拯救回来之后,他似乎已经成为了他们中的一员了。于是,亚乔便一瘸一拐地离开了,看上去仍旧十分虚弱。

莫德看着他,说道:"戈德斯坦对他名字所作出的反应让我感到很是迷惑,戈德斯坦可是不懂得尊重的家伙,亚乔究竟是个什么人物呢?"

"他已经告诉我们了啊,"露易丝说,"他是位岛民,第一次到美国。"

"绝不仅仅这么简单。"亚瑟说。

"你还记得经理对他说了什么吗？"

"我记得，他说他听闻亚乔就在这一带居住，但是从未见过他，亚乔对经理来说肯定是个至关重要的人物，以至于他连脚都开始颤抖不已了。"

"他确实颤抖了，"帕琪说，"他道歉时的样子也显得很卑微。"

"也就是说，他是个让戈德斯坦都胆战心惊的人物。"弗洛伦斯说道。

"我在想这究竟是为什么。"莫德说。

"其实这件事很容易解释。"亚瑟说，"戈德斯坦觉得亚乔可能会购买他们公司的电影，也或许他打算去岛上拍一部电影，所以不希望跟一个潜在的优质客户发生冲突吧。"

"应该是这样。"约翰点头表示同意，"我敢保证，亚乔身上没什么大秘密。"

第九章 帕琪医生

第二天清晨,约翰和威尔登一家(包括可爱的婴儿在内)一起去山里面游玩了。帕琪和贝丝则把她们要完成的刺绣带到酒店大厅一个阳光满溢的角落里。

大约十点钟,亚乔发现了这两位女孩,便蹒跚着走向她们。"蹒跚"这个词真能很好地描述此刻的情景:他往角落走过去的时候,身子摇晃得很厉害。

"我希望他能够拄个拐杖。"贝丝压低声音喃喃说道,"我感觉他似乎随时都有可能摔倒。"

帕琪为他抬了一把椅子,尽管他努力阻止她这样做。

"你今早感觉好些了吗?"她问。

"我,我觉得好些了。"他的回答很迟疑,"我似乎无法恢复从前的力气了。"

"发生这起事故前,你身体要强壮一些吗?"贝丝问。

"是的,你们也记得的,我去游泳了,不过或许我的身体还没有足够强壮到可以游泳吧。我一直很关注自己的身体状况,但似乎还是越来越差呢!"

接下来一阵短暂的沉默,女孩们低着头在缝针。

"你还会呆在酒店吗?"帕琪的提问方式永远都这么直白。

"我想,会呆上一段时间吧!这里让我觉得很愉快。"他说。

"你吃过早餐了吗?"

"天亮时吃过食物片剂。"

"哈!"帕琪发出有些鄙夷的叫喊,接着,她瞟了一眼敞开的餐厅门，放下手中的刺绣，站起身来，用有些坚决的语气说："跟我来！"

"去哪里？"

她没有回答，只是帮助他站了起来。接着，她便牵起他的手，带他穿过门廊，到了餐厅。

茫然不已的亚乔显得很惊讶，但一点儿也没有反抗，他俩坐在一个小桌旁，帕琪叫来了服务员，说道：

"给我拿一杯热巧克力，一只白水煮蛋和一些烤肉。"

"不好意思，道尔小姐，我以为你用过早餐了。"

"我确实用过早餐了，这是为你点的早餐，你得把它们吃掉，不然我就把它们塞进你肚子里！"

"不过，道尔小姐！"

"你既然已经告诉我们说你没救了，那么，就算你要死掉，也得吃饱吧！"

"不过，医生……"

"别提医生了，我现在就是你的医生！"

他看着她，挤出一丝悲伤的笑容。

"这是不是有些霸道了呀，道尔小姐？"

"也许是吧！"

"我还没有聘请你当我的医生呢，你知道吧？"

"确实，不过你刻意把自己放在我管辖范围内了。"

"你的意思是？"

"首先，你和我们同住一家酒店。"

"你们不会介意吧，介意吗？"

"一点也不，这是公共酒店嘛。第二，你向我们透露了关于你疾病和治疗的信息，其实，这些真的与我们没什么关系。"

"我，我确实做错了。不过是你们让我这样做的呀，我这么孤单，你们又是非常慷慨而且富有同情心的人，所以，我……"

"你不知不觉把我们卷入了你面临的问题之中，你真是一位抑郁……抑郁……我忘记他们怎么称呼的了，对，抑郁症患者！"

"我可不是！"

"还有你的医生，那个著名的专科医生，真是一个大蠢蛋！"

"天哪，道尔小姐！"

"你一直遵从他的建议，也是一个大笨蛋！你肯定不需要同情，亚乔先生，你需要的是狠狠一巴掌！"

"一巴掌……一巴掌……"

"一巴掌，如果你不服从我的命令，你就会挨巴掌。"

这时，服务员把早餐端了过来，在餐桌上把食物摆放得整齐而漂亮。亚乔的脸上写满了各种情绪，在帕琪不断地劝说之中，他先是惊喜，继而转为恐惧。帕琪劝他吃下鸡蛋和烤肉，他凝视着烤肉和鸡蛋，满是不确定又无助的神情，这样的神情，让帕琪禁不住想笑，可又得努力憋住。

"那么现在，"她说，"咱们开始吧。我来把你的鸡蛋弄好，你巧克力里还需要一些糖吗？你先尝尝看。如果烤肉在冷却之前你不淋点黄油的话，就不好吃了。"

他定睛看着他，又笑了起来。

"你不是在开玩笑吧，道尔小姐？"

"我可是很认真的。"

"当然，你意识到一切都已经结束了吗？"

"我希望是你的愚蠢结束了。你以前吃饭也跟正常男孩一样，是吧？"

"当我身体还健康的时候，确实是。"

"你现在就是健康的啊，你只是需要一些能够增强体力的食物而已。我还给你点了一份牛排，不过留着午餐再吃。"

他抿了一口巧克力。

"是的，确实还需要加一些糖。"他安静地说，"你能帮我给面包涂上黄油吗？似乎这样美好的早餐值得让我遭受几个月的痛苦了，这个鸡蛋太美味了！鸡蛋和烤肉的香味真是让我欲罢不能，而且……"

"而且还有一位正常的、有决心的女孩，你可不要用这种眼神看我，似乎我是女刽子手似的。我是你最好的朋友，还是患难之交。你不要狼吞虎咽，慢慢吃，要细嚼慢咽。我知道你已经饥饿难忍了，不过你必须逐渐适应正常的饮食。"

他温顺地照着她的话做了，帕琪面色平静，但心跳却很快，有一股她无法抑制的恐惧感。之前她的所作所为都是一时冲动，但现在，她开始意识到要为自己提出的治疗消化不良的激进方案负责了。要是在以前，她一定不敢违背医生的嘱咐，但她觉得亚乔需要更多的食物，不然就会死去。不过，现在的他，也可能会因为错误的饮食而死去，那样的话，她将永远不能原谅自己。

不过，此刻的亚乔，却已经抛开了所有的恐惧。虽然，他开始有些抵触情绪，但吃掉食物之后，便一点儿也不抵触了，似乎对于任何可能的后果，都不再介意了。

对于是否该吃掉第三片烤肉,帕琪犹豫不决,于是便拿走了,她也不允许他喝掉第二杯巧克力。吃饱喝足的亚乔斜倚在椅子上面,心满意足地叹了一口气,说道:"求上帝保佑下这只蛋的母鸡,从来没吃过这么美味的蛋呢,咱们去问问厨师是谁吧!我决定了,我要火葬,比老式土葬好很多,你觉得呢?"

"如果你希望的话,我会打理这一切。"她跟在他身后,努力压制自己内心的恐惧,"你会抽烟吗?"

"以前会,但医生不允许,所以我完全戒掉了。"

"去那边买一支雪茄吧,你就可以坐在我和贝丝旁边抽雪茄了。"

其实帕琪不太赞成抽烟,也经常阻止舅舅、她父亲和亚瑟的吸烟习惯,她对亚乔的这个建议完全是出于绝望,因为家里的男士们都说,饭后一支烟,能够促进消化。她坐回了原位,很快,表妹便看出了她脸上的焦虑。

"你刚刚去干什么了,帕琪?"

"我逼他吃东西了。"

"他真的吃下去了吗?"

"狼吞虎咽呢!"

"呃,我在想接下来会怎样呢?"贝丝说。

帕琪也在思索着,背部一阵阵的发冷。不过,似乎亚乔的步伐没有之前那么蹒跚了,但他还是乐意坐在舒适的椅子上面。

"你感觉怎么样?"贝丝好奇地问。

"就像一位即将临刑的罪犯享用了世间珍馐的感觉。"

"感觉到疼痛了吗?"

他摇了摇头。

"还没有，我已经问过酒店负责人了，无论什么时候我只要示意一下，他会派人来带我回房间的。如果我没来得及跟你们道别，请你们接受我对你们所有善意的感激。我现在也不确定是否疼痛会突然发作还是逐渐到来。"

"什么疼痛？"帕琪问。

"我也不知道怎么解释，你们相信有些事情是笃定会发生的吗？"他说，紧张地掸掉雪茄上的烟灰。

"我相信，你会好起来的。"

他没有回应，只是坐着观察贝丝灵活的手指，帕琪则因为情绪太激动，而没有心情重新拾起刺绣。

"我在想你这个年龄是否允许抽烟呢？"贝丝说。

"我已经过了二十一岁了。"

"原来如此！我们还以为你十八岁左右呢。"

"可能我看起来比实际年龄小吧，在桑荷阿的家里时，我也被当做孩子看待，这也是我为什么没有兄弟姐妹的原因，父亲从来也没有意识到我在长大，人们也还是叫我……"

他停顿了一下，表情有些难堪，即使这样，帕琪还是问道："叫你什么呢？"

"儿时的乳名。"

两个女孩显然都很失望，不过性格直率的帕琪压抑不住自己的好奇心，在上一个小时内，她感觉自己似乎已经把这位孤独的男孩当成了她的家人，那么关于他的信息，她应当全部知道。

"你的名字是亚乔？"她问。

"是的。"

"A代表什么意思呢？"

看吧，最终她还是提出了这个问题。

他犹豫着，脸色通红。接着，他缓慢地说："它代表我父亲的特征之一，我之前已经告诉过你们了，他作为约翰·保罗·亚乔的直系后代，感到无比骄傲。"

"父亲总是常常说起'约翰·保罗'，他将亚乔视作无比高贵的名字。所以，作为'一个亚乔'，就拥有了全人类最有名且最骄傲的名字。当我出生的时候，他们还未确定我的名字，父亲总是说'没什么着急的，无论孩子叫什么，他都是一个叫做亚乔的人'。我的母亲一定是位富于幽默感的人，她一直都叫我'一个亚乔'（阿即英文的A，意为'一个'），直到我父亲最终确定了他这个奇怪的想法，于是就给我简单地取名为'亚乔'了。"

"太可爱了！"帕琪欢欣地拍掌说，"那么，'阿'其实完全没有特殊意义是吧？"

"是的，就代表'一个'亚乔而已。"男孩说，他做了一个鬼脸，"我觉得这糟透了。"

"不过，他们之后怎样称呼你呢？你之前提到的乳名是什么呢？"

"这是我母亲幽默感的另一次体现，他叫我'Ajo'，大家便很快记住了这个奇怪的乳名，其实这就是亚乔的缩写而已，在桑荷阿，我就被称为'什么也不是'。"

"Ajo！"贝丝重复道，她甜美的嗓音让这个名字变得格外悦耳，

"西班牙语里面发音是'Ah-ho'。"

"我们不是西班牙人。"

"那你们是哪个国家的人？"

"官方上来说，都是美国人。像我一样的年轻一代的话，就是桑荷阿人了。不过我们的岛上没有黑种人、黄种人或者棕色人种。"

"岛上有多少居民呢？"

"大约六百个吧。"

接着，大家便陷入了沉默。

"开始有疼痛的感觉了吗？"贝丝问。

"还没有，不过感觉有些困倦了，你们要是允许的话，我想去躺一会儿，昨晚我没怎么睡觉。"

他扔掉差不多快抽完的雪茄，无需任何人帮助，便一下子站了起来，离开了。

"我在想，他有没有清醒过呢？"贝丝轻声说。

"当然，他已经孤注一掷了，我内心有种强烈的感觉，他会康复的。"

"让我们期待吧！"贝丝说，"亚乔也感觉到自己会康复的，不仅仅是身体，连内心也都康复了！"

第十章　仍是秘密

清晨的时光总是很短暂，很快便到了午餐时间，约翰一行人也从山里回到了酒店。好莱坞位于山脚下，在立交桥之上，遍布着宽敞漂亮的柏油马路，一直通往圣费尔南多和拉肯纳达的重重山谷。

"你们有看见亚乔吗？"亚瑟问。

"是的，或许我们已经见了他最后一面。"贝丝答道。

"啊，他去世了吗？"

"还不知道呢，帕琪给他吃了一些食物，他去睡觉了，还不知道发生了什么。"贝丝说。

接着，女孩们便讲述了早餐的经历，约翰和亚瑟看起来神情严肃而且坐立不安。不过，露易丝平静地说："我觉得帕琪做得很对。换做是我，我不会害怕。我也相信，那位男孩最需要的莫过于丰盛的一餐了。如果他死去，那顿早餐仅仅是加速他的死亡而已，但如果他没有死掉，这样反而对他很有益呢。"

"还有一种可能，"约翰说，"他一直遭受着痛苦，而没有人帮助他。"

帕琪终于放下心来，过去的一两个小时让她感到焦虑不安，而舅舅的这个意见则让她一下子解脱了。她偷偷跑到了酒店的办公室，查到了亚乔的房间号，然后蹑手蹑脚地走到房间门口，将耳朵贴在门上专心致志地倾听。不一会儿，她的脸上绽放了笑容，她愉快地轻笑着，接着跑回了约翰那里。

"他正在睡觉呢，鼾声就像一头海象一样。"她兴高采烈地喊道。

"你确定不是呻吟吗?"亚瑟说。

"呀!我怎么会连鼾声都分不出来?而且我敢保证,这一定是他这一个月来最香甜的一觉了。"

梅里克和亚瑟也去了男孩的房间,发现帕琪确实没有弄错。午宴时,大家气氛愉快而热烈,都无比尊敬地称呼帕琪为'医生',并且告诉她,她可能再次救了亚乔一命呢!

午宴结束后,约翰建议道:"现在,我们开车去海边,看看昨天才到的华美无比的游艇吧,每个人都在谈论着它呢,好像是属于某个外国王子的。"

于是,大家便驱车前往圣塔莫尼卡,并在沙滩上度过了一下午。他们看着在海中游泳的人们,欣赏着停泊在海岸外半英里的游艇,它有着优雅华贵的线条,并且无比神秘,名叫阿拉贝拉,是通过旧金山从夏威夷运送过来的。不过,这艘游艇在这里究竟做什么,以及谁是它的主人似乎还无人知晓。有传言说,是一位日本王子用来监控海岸线的,不过,新闻记者们并没有报道此事,船长们也未对大家的疑问给予回应。于是,女孩们用相机拍下了游艇之后,便没什么兴趣了。

那日晚餐时,他们见到了蒙特罗斯夫人和斯坦顿姐妹,便将亚乔的事情告诉了她们,亚乔迄今为止仍未现身。约翰去他的门边打探了一下——鼾声停止了,死亡般的寂静弥漫在房间里。大家开始不安起来,当他们离开餐厅时,亚瑟找到了酒店主管,问道:"您今早见过亚乔先生吗?"

"没有,"主管回应说,"你认识他吗?"

"算是熟人吧。"

"他是我们这里有史以来最奇怪的客人了。第一天,他什么东西也没吃;今天早上,他的早餐也吃得很晚;大概不久前,我们又送了一餐到他房间去。这一餐,说出来你会被吓到的。"

"他点的东西很奇怪吗?"

"是的,他点的东西都太奇怪了!炭烤蘑菇、枫糖煎饼和冰淇淋。这样的搭配怎么适合晚餐吃呢!"主管不解地说。

亚瑟回到了大家中间,给大家讲述了这件事情。

"好吧,"帕琪说,心里的石头总算落地了,"是我们让他开始吃东西的,现在,他已经能照顾自己了。舅舅,咱们大家一起去市中心看看那部让戈德斯坦为之疯狂的电影吧!"

"他今天对待我们的态度,可真是毕恭毕敬啊!"弗洛伦斯说道。

"他有询问你们关于莫德拍片的事情吗?"

"没有,只字未提。"

"他有提到亚乔先生吗,那个将他一下子喝住的人?"贝丝问。

"一点也没提,他还是像往日一样忙于工作,但是对我们的态度很不寻常。"莫德说。

大家都很好奇,想要看那部拯救亚乔的影片,于是一行人到了市中心的剧院——日冕公司的电影在这里放映。入口外面,他们找到了那张海报,内容与戈德斯坦所说的如出一辙。他们也都觉得,这样做实在是太无耻了。

"我认为日冕公司不该为这个错误负责,"约翰说,"这可能是剧院老板的主意呢,他可能是想通过这样的方式吸引更多的人来看。"

"他已经成功了。"亚瑟抱怨道。他一边说着,一边排到了售票处前长长的队伍后面。

影片正在屏幕上面放映着,画面十分震撼。先是人群在海里愉快玩水的画面,帕琪和莫德站在海里,离人群有些距离。之后,离人群更远的男孩挥舞着双臂,绝望地挣扎着。莫德快速地向他游去,帕琪则奔向岸边。接着,她便将船推进海里,去救援海里的莫德和男孩。莫德则努力使溺水的男孩浮在海面上,大家一起乘船返回海岸。岸边,情绪激动的人群围住了他们,这些画面在电影里,都如此清晰。摄影师们所处的位置,极有利于观察到人群的表情。

影片最后以约翰的场景结尾,他将溺水男孩抬到了汽车上,向医院疾驰而去。

莫德·斯坦顿尽管曾经看过许多次自己出演的电影,此刻的感受仍然比其他人更加深刻,那时,她全然不知有摄像师正把镜头对着自己。

"真是部好电影。"弗洛伦斯喃喃说道,他们从拥挤的剧院中走了出来,"为什么我们拍的电影不能这样自然而且引人入胜呢?"

"因为,在这部电影里,完全没有演出的成分,这部电影让人们相信,它是没有经过任何精心策划和排练的。"

"确实如此。"约翰同意道,"毕竟,自然的场景才是无可替代的。"

大家开始驱车返回酒店。路上,帕琪问,"你们注意到剧院里那群孩子了吗?希望能有更多的影片适合孩子们观看,让孩子们也能够理解。"

"看电影的时候,孩子们总会觉得开心不已。"亚瑟说，"没有必要专门制作迎合孩子们的电影，不管上映什么电影，他们都会喜欢的。"

"从某种程度上来说，或许如此吧！"贝丝说，"孩子们总会被各种类型的电影所吸引，但大多数孩子并不能完全理解电影的内容。我同意帕琪的说法，孩子们应该有属于自己的影院和影片。"

"总会实现的。"蒙特罗斯夫人说道，"已经有电影制作人意识到儿童电影的市场价值了，正试图寻找一些能吸引到儿童的主题。"

他们十点多钟便到达了酒店，发现亚乔正坐在大厅里。他看起来比白天更加神采奕奕，微笑着站起来向帕琪问好，之前悲伤的神色褪去了不少。

"祝贺我吧，帕琪医生。"他说，"我还活着呢，多亏了你的处方，效果跟预期的一样好！"

"能有这样的效果，我真欣慰！"帕琪说，"先前我们可是都很担心呢。"

"我已经扔掉了差不多一千颗食物片剂。"他骄傲地说，"我坚信没有任何东西能代替真正的食物，无论医生怎么嘱咐。"他继续说道，语气更加平静，"我相信你已经第二次挽救了我，因为此刻我又燃起了新的希望，并且决心要变得更好。"

"要当心，不要过量饮食了。"约翰提醒道，"我们听说你点了一顿奇怪的午餐。"

"但似乎这顿午餐很适合我，我睡了一个月以来最香甜的一觉，感觉自己焕然一新了，我一直想告诉你们这件事呢，希望你们会有兴趣。"

"我们确实有兴趣！"帕琪说，此刻的她，既骄傲又开心，"今晚我们去看了那场救你的电影。"

"哦，你们感觉怎么样？"

"非常棒，但我不确定其他人是不是也一样喜欢，不过似乎人们也都挺喜欢的。"

"呃，这是最后一次播放记录这次危机的电影了，"男孩说，"今晚之后，这部电影将不再上映了。"

"为什么不呢？"他们惊讶地问道。

"我下午买下了这部电影，在公众面前公开展示这件事，在我看来不怎么合适。"

这位陌生男孩新的一面又展现了出来。对于这件事，女孩们不知道是该赞同还是反对。

"一定要一笔不小的费用吧？"弗洛伦斯压抑不了内心的好奇，问道，"而且，你睡觉的时候怎么还能做这件事呢？"

"我醒着的时间也足够用来打电话了吧！"他微笑着答道，"你们也知道，世界上有许多比电影更有趣的发明，电话就是其中一种。"

"但你喜欢电影，不是吗？"莫德问，思索着他为什么要阻止电影的上映。

"我很喜欢电影，这世上除了电话之外，我最爱的便是电影了。跟电影比起来，阿拉丁神灯都算不上什么。"

"我在想，"弗洛伦斯说道，无比好奇地盯着他的脸，"你回去之后，会把电影引进桑荷阿吗？"

"应该会吧，"他回答说，表情有些游离，"我还没认真考虑过这个问题呢。不过我确定，那里的人们应该也会喜欢电影的。"

这场谈话似乎就要结束了，大家都猜想他是否在美国买了许多电影。不然的话，戈德斯坦怎么会对一位名不见经传的岛民如此毕恭毕敬呢？

大家各自散去后，约翰回到了自己的房间，约翰对亚瑟说道：

"年纪轻轻的亚乔显然拥有不少财富啊！"

"似乎是这样。"亚瑟说，"或许他的父亲——那位科学家隐士，积累了一些财富吧。亚乔来到美国后，便开始挥金如土，这样的话，等他回到岛上，便会觉得自己有了不少经历了。"

约翰点点头。

"他看上去是一个内心坦荡的男孩，应该不会变成那种闲游浪荡的人。当然，他有可能因为缺乏人情世故或者商业方面的经验，而损失一些资本。一个在岛上被抚养和教育的孩子，不可能变得很精明，不过，不管他有多少资本，都极有可能像阳光下的白雪一样，很快便全部挥霍掉了。"

"毕竟，"亚瑟说，"这样的经历不会伤害到他，他最终还是可以回到岛上去。"

接着，两人沉默地抽着烟。

"你有没有想过，先生，"亚瑟说，"亚乔先生与我们的关联尽管微弱，但始终存在，这是不是带有一些童话色彩呢？"

约翰先生扔掉了雪茄，凝神看着烟灰，"你的意思是，我们所看到的样子并不是真实的他？"

"这倒是不太可能，先生，他看起来是位好男孩。不过他的故事，会让人觉得他不愿吐露实情。"

约翰擦燃了一根火柴，重新点燃了雪茄。"我相信亚乔的为人，觉得我们没有任何理由怀疑他所讲的故事。"他说，"如果现实生活没有各种浪漫与惊喜的话，小说家们也就无法在书中描绘出让我们兴趣盎然的故事了吧！"

第十一章　悲慘少女

今日对斯坦顿姐妹来说，开始就没有好兆头。她们到达公司不久，莫德就被地上胡乱放置的木板给绊倒了，摔伤了脚踝，她现在躺在经理办公室的沙发上，腿上缠着绷带，浸泡在难闻的药水里面。

弗洛伦斯也遇到了麻烦，一位被制片人选中来出演从半空中飞机上摔落的女孩突然说她生病了，今日无法参加工作，制片人便命令弗洛伦斯接演这一部分。她十分气愤，便打算去找戈德斯坦提出抗议，当她在前厅等待与他会面时，亚乔走了进来，向她鞠躬问好，微笑示意。

"天啊，你从哪里过来的？"她问。

"酒店，我过来是来见见戈德斯坦的。"他回答说。

"恐怕你得等上一阵了，"她提醒道，"经理现在忙成一锅粥了，我在这里都等了半小时了也没见到他，而且我的事情还很重要。"

"我的事情也很重要，"他回答说，以一种奇怪的神情望着她。接着，一位速记员匆匆忙忙从房间内走出来，亚乔拦住了那位女孩，说道："请把我的名片带给戈德斯坦先生。"

"啊，他现在谁也不见，他正忙着和一位制片人商量一些事情呢，你只有再打电话联系了。"她轻率地说。不过，当她说话的时候，不经意扫视了一眼名片，一下子变了脸色。

"啊，请您原谅我。"她匆忙地说，然后飞快地走回经理室。

"可真有趣！"弗洛伦斯自言自语道。

"是的，"他笑了起来，"我的名片充电了呢，碰到的人都会触电。走吧，弗洛伦斯。"他说道。正在这时，戈德斯坦冲出了办公室，热情洋溢地向亚乔问好："您的事情对我来说重于一切，您知道的。"

经理将他们引进了办公室。宽敞的房间内一片繁忙的景象。房间一头，大约两三个女孩正在快速地敲打着打字机；制片人麦克尼尔正在戈德斯坦的办公桌上整理着剧本；经理的私人秘书——一位年轻的男士，正在认真阅读一本厚重的记录本，里面记载着世界各地电影公司所推出的电影；远处角落的沙发上，躺着受伤的公司之星莫德·斯坦顿，她此刻正恍惚地睡着，完全没注意到门口的妹妹和亚乔。

"请坐，亚乔先生。"戈德斯坦指着自己的椅子殷勤地说，"您需要我让其他人都离开吗？这样我们谈话环境会更私密一些。"

"暂时不需要。"亚乔坐到了一张空椅子上，"斯坦顿小姐比我先到这里，她想要跟你谈一下。"

戈德斯坦在桌旁就坐，用疑问的眼神看着弗洛伦斯。

"有什么事呢？"他不耐烦地问道。

"兰斯·霍尔顿今天不在，沃纳先生安排我代替她去做那个半空跳下的动作。"女孩开始讲述。

"呃，这种小事你干吗要来打扰我呢？沃纳知道自己想要的场景，你也能做得跟霍尔顿一样好。"

"但是我不想从飞机里面跳下。"她抗议说。

"没什么危险的，飞机下面会布满了救生网。"经理说，"你下落的时候，摄像机会捕捉到你的动作，所以不过离地面二三十英尺而已。现在你走吧，别再来打扰我了，我得跟亚乔先生谈话了。"

"不过我害怕,戈德斯坦先生,"女孩乞求道,"我不想到飞机上去,那些桥段不是我该演出的部分。"

"你必须得做我要求你做的事情!"经理坚持道,语气中明显带着愤怒,"我不会容忍我的演员中有任何违背我意愿的情况发生,所以你就得按照沃纳先生的安排来做,否则,你这周的薪水就没有了。"

这时,莫德从沙发上站了起来,对经理说道:"求你了,戈德斯坦先生,不要让弗洛伦斯做那个跳跃动作吧,还有很多其他女孩能代替她呢,她……"

"闭嘴,斯坦顿小姐!"经理勃然大怒,"如果你干预这件事情的话,便破坏了所有的规矩,如果我们允许演员自己选择想演什么就演什么的话,那可就乱了规矩了。我坚持让你的妹妹服从制片人的安排。"

"非常正确,戈德斯坦。"亚乔平静地说道,"你已经表达了你的观点,并且坚持原则,我喜欢你这种风范,弗洛伦斯小姐也会按您的要求去做。不过你应该会改变你的主意,多考虑一下她的抗议,从你的表情来看,我很确定你已经打算做出其他安排了,会让另一个女孩来代替她。"

戈德斯坦认真看了亚乔一眼,傲慢的表情一瞬间变成了温顺谄媚的表情。

"当然啦!"他喃喃道,"亚乔先生,你已经准确无误地了解到我的心思。贾德,过来一下。"他对秘书说道,"告诉沃纳,我不同意他安排弗洛伦斯来代替兰斯·霍尔顿,用莫尔代替那个角色。"

年轻的秘书鞠躬后离开了房间,麦克尼尔低头看着剧本时,露出了狡黠的笑容。亚乔则到了莫德身边,急切地询问她的伤势。

"没什么大碍。"她安慰他说,"戈德斯坦先生让我静养到今天下午,那时候,有我们的新照发布,我要担任主要角色,所以他觉得我到那个时候应该能完全康复。"

戈德斯坦听到了这番谈话,向他们走了过来,神色紧张地揉着双手。

"这似乎不太明智呢,莫德小姐。"亚乔反对说,"这么快就做一些动作的话可能会使伤势更为严重,咱们把展示会推后一下吧!"

戈德斯坦的脸一下子僵硬了,身体不断地抽动着。

"啊,亚乔先生,"他喊道,"这是不可能的,这计划完全不可行,我们一直都在为展示会排练,已经准备了两个星期了。今天,我们所有的演员和经纪人都到了这里,准备一起拍这个片子。为了斯坦顿小姐,我已经把展示会推后四小时了,真的……"

"别介意这些细节,"亚乔打断了他,"我觉得斯坦顿小姐今天还不能上班,赶紧将她送回酒店,这场展示会推迟安排一下,直到她能够参加为止。"

戈德斯坦为这样的安排而感到心烦意乱,以指挥的语气重新做了安排,完全没有提出任何反对意见,他又用精明的眼神看了亚乔一眼,他脸上的神情,交织着恐惧与惊讶。

"先生,"他压低声音说,此刻的他,内心正燃烧着熊熊怒火呢!毕竟平日里他在公司已经习惯了颐指气使,"你这样做让我很尴尬,大家都期望我能让每一天都能创造更大的价值,这样大陆电影公司才能获取更高额的利润,要是遵循你的旨意，会让我们承担一笔高昂的支出，除非……"

"很好，那我就承担这笔支出吧，戈德斯坦。"

"好吧，亚乔先生，我一会儿去通知展示会推迟的事情，希望你能允许我离开片刻。"

麦克尼尔站了起来，与经理面对面站着。

"你真的打算推迟这场重要的展示会吗？"他用惊讶的语气问道。

此时的戈德斯坦可是很乐意把怨气撒在制片人身上。

"不准无礼！先生！"他怒吼道，"跟我过来！"说着便把麦克尼尔拽到了门口，"如果你敢泄露一句你偷听到的谈话，我可对你不客气！"

他们离开房间后，莫德疑惑地问道："我不太明白，亚乔，你怎么能让戈德斯坦这么顺从呢？他可是一位独裁者，在公司里，他的话就是规则，至少，在你到来之前是这样。可是……"

"不用试图理解这件事，斯坦顿小姐。"他漫不经心地回应道，"你觉得你能走到汽车那里去吗？需不需要我们帮你？"

"我保证戈德斯坦先生肯定犯了谋杀案，亚乔先生对这件事了如指掌。"弗洛伦斯喊道，她站在旁边可一直饶有兴趣地观察着呢！

莫德在妹妹的帮助下站了起来，试了下受伤的脚踝。

"还有一点疼，"她说，"不过勉强能走。"

"去把你姐姐的外套拿上，然后我们直接送她回去。"亚乔对弗洛伦斯说道。

"戈德斯坦一定会克扣我的工资，还会辞掉弗洛伦斯的。"莫德在等着妹妹拿来帽子和外套的时候,思索着说,"他对你很温顺,但是我能在他眼神中看到恶意。"

"我确信他既不会克扣你的工资,也不会辞退你们两个中的任何一位。"他满怀信心地说道,"相反,你可以因为受伤而控告公司,是他们将木块留在地上,所以你才绊倒的。"

"啊,不,"她觉得这个主意太可笑了,"我们已经签订了合同,工作期间若有任何伤害,都要放弃损害赔偿。我们不得不这样做,因为这个行业非常危险。而且,戈德斯坦也安排了医师和外科医生随时待命,以防有事故发生,这项服务对所有雇员们都是免费的。"

他点点头,"我知道,不过你所签订的那项合约是在受强迫的情形下签订的,如果你是在工作中遭受伤害的话,这个条约不能在法庭上作为不给予损害赔偿的理由。"

"这伤不算什么,"她匆忙说,"再过一两天,我就能像平日里一样行走自如了。"

弗洛伦斯拿着莫德的东西跑了回来,蒙特罗斯夫人也跟在后面,说如果莫德要回酒店的话,她也要陪伴着她回去,来照顾她。

"我已经检查过她的脚踝了,"蒙特罗斯夫人对亚乔说,"我向你保证,这不是什么严重的拉伤。不过现在带她回房间的话会更好一些,毕竟在那里她能够安静地休息。我跟她一起回去。"

"弗洛伦斯小姐怎么办呢?"亚乔问。

"她一直是位独立的女孩,就算我不在身边,她今天也能过得顺顺利利的。"蒙特罗斯夫人说道。

戈德斯坦走了进来,紧皱着眉头,还在为亚乔的干预而气愤不已。不过,他什么话也没说,直到莫德、弗洛伦斯和蒙特罗斯夫人都离开了房间,他才说到:"你不会也要一起去吧?亚乔先生?"

"我只去看看斯坦顿小姐出发没有,之后我就回来跟你谈点事情。"

"谢谢你,先生。"

第十二章 照片、女孩与无厘头

莫德他们的汽车已经向酒店驶去，她又回想起刚才办公室里让人难忘的会面。于是，她说："姑妈，你现在怎么看待亚乔呢？"

"他当然是一位非常优秀的年轻男士了。"蒙特罗斯夫人说，"我想不明白他怎么会和戈德斯坦有关系，还有他对戈德斯坦的控制。大陆电影公司是一家大型的公司，总部位于纽约，戈德斯坦先生也是被正式任命的主管太平洋西岸地区的经理，他的薪水一年都有一万呢。而且，亚乔刚到美国也不过一年，还是从南海那边不知名的小岛过来的。他在那里出生和长大，来到美国后，也不过是无名氏而已，除了这些信息，我们对他也别无了解。"

"这样看的话确实很奇怪，姑妈，"莫德说道，"一位年长的有经验的权势人物被一名无名小子玩弄于股掌之间。戈德斯坦第一次见到他时，甚至在他的面前都颤抖了呢。亚乔走进办公室的时候，做出各种指挥安排，他也都言听计从，而且因为亚乔的干预，公司还得蒙受一笔直接的损失，为此，戈德斯坦还得在周报里向纽约总部尽量解释。还不知道之后会出现什么难以想象的情况呢，姑妈。"

"这个谜自然会解开的，"蒙特罗斯夫人说，"异常的情况持续不了多久的。"

接下来的一天，莫德都在床上看书度过。她的伤势果然较轻，短暂的休息后便很快恢复了。帕琪和贝丝也来探望她了，接着，莫德便把最近的神秘事件告诉了两位女孩。

"确实非常奇怪。"帕琪答道，一副若有所思的样子，

"约翰和亚瑟说,当他们看到我反对医生治疗方案的时候,亚乔很快便屈服于我了,认为他是一位无助的人,很容易被其他人影响。亚瑟认为亚乔来到这个国家,是想要挥霍掉父亲留给他的那点财产,因此,他在小岛之外的生活将会十分短暂。不过,根据你刚才所讲的故事,我觉得这个男孩并不是那么怯弱,他拥有权力,也知道该怎样去应用这份权力。"

"他确实一直对戈德斯坦发号施令来着呢!"莫德说。

"他太年轻了,"贝丝说,这位小女孩似乎忽略了自己也很年少的事实,"或许这就是我们为什么如此看重他的所作所为的原因。一位成年男士无论多么奇怪,很少让人感到惊讶;一位男孩的话,我们就只期待着他孩子气的一面。年轻的亚乔之所以让我们对他很有兴趣,就是因为他很独特。"

由于帕琪和贝丝都迫切地想要学习有关电影制作的商业运作知识,因此,短暂的谈话很快便把主题聊到了电影中,莫德拥有数月的从影经历,能从各个角度给女孩们讲解与电影有关的内容。

弗洛伦斯傍晚时才回到家,但她一整天都平静地在工作室度过,因此也没什么新鲜事告诉大家。不过,弗洛伦斯听说,她离开办公室后,亚乔与经理私下密谈了整整一个小时呢!戈德斯坦似乎情绪有些压抑,一整天的工作都没平日里那样神气活现。

看望莫德的两位女孩也离开了,留给她一些梳妆时间。晚餐时,她走过来与大家一起用餐,尽管伤势恢复了,但仍轻微跛行着。让大家惊讶不已的是,当一行人走进餐厅时,亚乔也出现了,请求跟大家一起用餐。于是约翰便马上另外安排了一个有大圆桌的地方,能够供九位同伴舒适地就餐。

亚乔坐在帕琪与莫德之间，虽然他点菜时小心翼翼，但仍然享用了从汤类到小吃所有的菜品。

关于早晨与戈德斯坦的会面，大家都没有提及。亚乔询问了莫德的伤势，接着便把话题转移到其他的事情上。除了电影之外，大家谈论了各种内容。餐后，一行人离开了酒店餐厅，又一起聚在了另一个舒适的房间内。这时，帕琪突然提出了一个与她内心想法关系密切的话题。

"贝丝和我决定修建一个儿童剧院。"帕琪说。

"在哪里？"约翰问。他被这番提议着实给吓到了。

"在这里，或者在旧金山。"帕琪说。

"你们想想，"贝丝解释说，"现在正迫切地需要有一个场所，供孩子们看电影，这种场所非常能够吸引到他们，同时也非常适合他们。通过这个剧院，我们可以开拓一个教育基地，帕琪和我都想做这件事情，去创立美国第一个专属于孩子们的剧院。"

"你们可以说是全世界第一个呢！"亚瑟说，"我很赞赏你们这个主意，女孩们，希望你们能成功！"

"噢，她们会成功的。"约翰说，"自从来到这里之后，我也一直在计划着电影方面的事务。"他说着，一边把头转向了亚乔，"我一直都在做一些古怪的事情，或者从事一些奇怪的投资，这些行业不确定的因素很多。露易丝结婚之前，我还常常陷入一些跟命运的小争斗中，不过现在……"

"是啊，我也应该加入到帕琪和贝丝的队伍中才对，"露易丝说，"这样会让大家都轻松一些，大家可以平摊支出。我和她们一样，对电影很有兴趣。"

"欢迎啊。"帕琪沉思道，"我们打算建造两个剧院，分设在城市的不同位置，这样就能有许多孩子受益了。而且我们打算将票价定为5美分。"

"你们有考虑过建造一个这种剧院大概需要多少费用吗？"亚瑟说道。

"我们不打算修建现有类型的剧院，"帕琪反驳道，"城市里到处都是糟糕的剧院，即使是为了看一场好电影，也没人喜欢坐在里面。我和贝丝已经讨论了这个话题，决心修建一种新风格的建筑，环境宽敞卫生，并且配备软椅和许多宽敞的过道。旧金山有一两家类似的剧院，但我们想要让我们的儿童剧院更加漂亮。"

"费用问题呢？"

"呃，当然要花上一笔钱，不过对孩子们来说可是件大好事呢！能让他们幼小的心灵得到欢乐和慰藉。"

"这真的是一个商业性的公司呢！"贝丝严肃地说。

约翰不禁笑了起来。

"你们有计算过利润吗？"他问。

"这个剧院确实值得投资，舅舅。"帕琪说。大家对这项计划漫不经心的回应让她感到不太高兴，"所有的孩子都喜欢让家长们带领他们去这里，因为我们会播放他们喜欢的影片，就算我们赚不了什么钱，想想我们会给无数孩子们带来多少欢乐吧！"

"继续说，宝贝。"约翰笑着回应说，"如果你们两个孩子没有足够的资金的话，来找我吧！"

"啊，谢谢舅舅！"贝丝喊道，"不过我相信我们自己能搞定这笔资金的，我们想先建造一个剧院，如果成功的话，再建造其他的剧院。"

"但是特别为儿童而拍摄的电影,你们去哪里找呢?"

"有很多电影都在拍摄中,我们会从所有电影中选择最适合儿童观看的。"

"恐怕你很难做到这点。"蒙特罗斯夫人说,她一直在旁边充满好奇地倾听着这次谈话,"所有的电影制造商都有三个合作原则——许可、互利与独立。如果你从一个购买商那里购买了电影,因为法令的原因,就不能从另一个那里购买了,这样你就只能从大约三分之一的电影里面选择。"

"我还以为从购买的角度而言,钱能够买到一切呢!"露易丝半开玩笑半生气地说。

"导演那里可不行。"蒙特罗斯夫人说。

"他们都会制作一些儿童电影,"莫德说,"即使是大陆电影公司,也偶尔会出一部儿童电影,不过这些电影加起来也不能为一个专属儿童的剧院提供足够的电影。"

"那么我们就得自己制作电影了。"帕琪说,"我们会购买一些儿童喜爱的童话故事,拍成电影的话一定非常棒!"

"一些童话故事已经被拍成电影上映了,"蒙特罗斯夫人说,"许多电影公司都将安徒生、弗兰克·鲍姆、露易丝·卡罗尔及其他一些知名作者的童话拍成了电影。"

"这些电影成功了吗?"

"非常不错,不过这样的电影通常在假期上映。"

"我认为,贝丝,"帕琪以一种商人的口吻对表妹说道,"我们必须要成立一个公司,制作属于我们自己的电影,这样才能获得我们想要的效果。"

"啊,是的!"贝丝说,为这个建议而高兴得眉飞色舞，"让莫德和弗洛伦斯在我们的电影中出演，不是很棒吗？"

"原谅我打扰一下，女士们，"自从切入这个话题后，亚乔还是第一次发言，"在实施之前，计算一下制作电影的支出，会更明智一些的，"

帕琪满怀疑惑地看着他。"你知道拍摄电影哪些地方需要花钱吗？"她问。

"我知道一些，"亚乔说，"像你刚刚提到的童话故事片，制作每一部电影大概需要花费两千美元左右，每一次放映大概需要三部电影，你至少得每周换一次节目，那么意味着你至少一周得花费六千美元。这样的话，你所赚取的每人5美分的票价绝对不足以支付电影制作的费用。"

这番话让女孩们一时不知如何回答，于是贝丝问："普通的影院是如何运作的呢？"

"普通的影院只需要租赁电影就行了，一周大概三百美元。中间商会从制造商那里购买电影，然后租赁给剧院。他会花一笔不菲的费用购买一部电影，但他可以将电影租赁给几十家影院。这样的话，他不仅能赚回他购买电影所花费的成本，也能剩不少钱。"

"好吧，"帕琪的思路一下子清晰了，"我们可以将我们的电影拷贝卖给这些中间商，这样就能降低电影制作的支出。"

"中间商不会购买的，"亚乔肯定地说，"他受到一个或另一个契约的限制，只会购买契约内的电影。"

"我明白了，"约翰似乎明白了，"这样的话会破坏商业竞争。"

"就是这个意思。"亚乔回答说。

"大陆电影公司是怎样运行的呢，莫德？"帕琪问。

"我不知道，或许姑妈能告诉你。"莫德说。

"我觉得大陆电影公司内部就有一种契约机制。"蒙特罗斯夫人说道，"自从我们加入这家公司之后，我们多少还是学到了一些公司的运作方式。公司旗下还有十二个左右的分公司，每周会制作三到四部电影。他们有自己的中间商，只租赁大陆公司的电影给各个剧院，公司也会给予中间人特别优待。"

"那我们也可以这样做。"帕琪说，她还是不情愿放弃自己的计划。

"如果你有足够资本的话，你也可以。"蒙特罗斯夫人说道，"大陆是一家很大型的公司，投资上百万美元呢。"

"两百万美元。"亚乔说。

女孩们沉默了一阵，认真思考着亚乔这句令人惊讶不已的话，她们自己其实已经拥有不少资本了，但现在才意识到，她们根本无法进入电影制作领域，因为它需要如此巨大的投资。

"我想，"贝丝有些后悔地说道，"我们可能得放弃拍摄电影了。"

"那我们到哪里去找到合适的影片呢？"帕琪问。

"很明显我们找不到电影。"露易丝说，"那么我们只能放弃这项建造剧院的计划了。"

又是一阵沉默，气氛甚至比刚才更为严肃。约翰舅舅什么也没说。斯坦顿姐妹和蒙特罗斯夫人觉得这件事与她们没什么关系，亚瑟则狡黠地盯着约翰三位侄女漂亮却面露气恼的脸蛋。

至于亚乔，正用一根短粗的铅笔在信封背面聚精会神地计算着什么。

第十三章　愚蠢男孩

这一次,亚乔打破了沉默,他扫视了一眼在场的人,说道:"预计如果二十个剧院同时上映一部电影的话,电影的成本就能够赚回来。所以,如果你建造二十个儿童剧院,而不是你刚才所说的一到两个的话,你或许能够自己制作电影,这样你们也能够不需要为电影拍摄支出资金。"

大家疑惑不解地看着他。

"这很容易理解。"亚乔笑道,"二十个剧院的话,每一个需要两万美金,这是比较低的预算了,意味着你们需要四十万美元。一个电影集团,旗下有许多制造电影的公司,再加上需要的各种服装道具以及房屋等必需的事物,意味着需要一百万美金甚至更多,预计为一百五十万美金。,这其实小事一桩啦!"

"亚乔!"露易丝严肃地吼道。

"我建议你们再从其他途径好好思考一下,再把你们的资本投进去,这样可能会让你们有所回报,也有可能没有。"亚乔继续说,无视露易丝愤怒的眼神。

"亚乔先生,"贝丝噘着嘴说,"我们是讲的真心话,不是随便开玩笑的。"

"我有质疑过吗,贝丝小姐?"

"亚乔先生只是想告诉你们,你们的想法是有多么的不切实际。"约翰先生温和地解释道。

"不,我也是很真诚的。"亚乔说,"为了证明这一点,如果你们两位要修建二十个剧院的话,我同意建造一个电影厂,从事电影制作,以供你们剧院播放。"

这个建议,又让大家感到疑惑不已,尽管这个提议看起来有些夸张,但他看起来十分严肃。当亚乔看见梅里克先生正盯着他看时,不禁脸红了,带着尴尬的语气继续说。"我向你们保证,我能够履行我提议的那部分职责,我也愿意去做。这件事让我很有兴趣,而且能让我繁忙一些,免得自己变得太自私。我其他的商业事务暂时不需要我操心。"

听到这名身体虚弱的男士提到要为一个看起来不可靠的公司投资一百万美元,再加上他居住在遥远的岛屿上,到这个国家还只是个陌生人,这让大家再次开始揣测他过去的历史和生活状况了。看到男孩主动开始讲到这些方面的信息,于是约翰问道:"你介意告诉我们你刚才提到的其他商业事务还有哪些吗?"

亚乔有些坐立不安了。之后,他快速环顾了大家一眼,发现每个人都热切而好奇地望着他,他又一次脸红了,这一次比上次更加明显。突然间,他站直了身子,以一种如释重负的口吻说道:"大多数人都不喜欢谈论自己,我也不例外。不过,你们都待我如此友好,把我拯救于生死之中,所以有权知道与我有关的一些事情,如果你们各位确实感兴趣的话。"

"我们对你感兴趣其实是件很正常的事情,亚乔先生。"梅里克先生说道,"不过我向你保证,我们无意窥探你的隐私。你已经主动向我们解释了你之前的情况和你的美国之行,这已经足够了,希望你原谅我刚才那个无礼的问题。"

男孩此刻似乎有些迷惑了。"我不认为这个问题很无礼,先生,我向您的侄女们提出了一个商业计划,在她们接受这项计划之前,有权知道我经济方面的一些情况。"

对于一名青涩而没有经验的年轻人而言,他的言谈中显示出了罕见的成熟与智慧。不过，约翰决心不再强迫这个男孩说出自己的经济状况，于是他说："我的侄女们可能没有资本来建造二十家剧院，她们只有能力建造一两个剧院。你当然也明白她们不是在寻求投资，而是全心希望让儿童受益。我完全赞同她们的想法，如果需要建造二十个剧院才能使她们的计划得以实施的话，她们会立刻放弃这个想法的。"

亚乔有些恍惚地点点头，眼睛半闭着，似乎在思考着什么。短暂的停顿后，他说："我不愿意看到一个想法刚刚萌生出来就被扼杀了，在我看来，这是一个不错的主意，绝非不切实际。所以，请允许我再次提议，如果两位女孩愿意承担全部管理工作的话，我将建造二十个剧院，并且提供所需要的电影。"

他说完这番话后，又是一阵沉默，女孩们在心里快速演算了一遍，才意识到为了使他们这个慈善想法得以实现，亚乔愿意投资大约一百四十万美元的资金。就算他能承担这笔费用，但他为什么这么做呢？

梅里克和亚瑟都目不转睛地望着地板，似乎不敢相信。作为具备多年商业经验的人物，他们认为，这位男孩的提议几乎是不可能的。

亚乔发现了大家的冷淡反应，又热切地望向帕琪。对帕琪来说，这时候她也尴尬不已，所以，她躲过了他的目光，望向了大厅。

几步距离之外，站着一位男士，他斜倚在桌子上，手握一份报纸。不过，帕琪看到，这位男士并无心阅读，那双黝黑发亮的双眼正透过报纸上缘紧紧地盯着毫不知情的亚乔一行人呢！

陌生人的神态中蕴含着某种帕琪从未见过的东西，他姿势十分僵硬，目不转睛地盯着，警觉而又压抑，一下子便吸引了帕琪的注意，让她感到明显的不安。

"我希望，"亚乔平静而坚定地说，语气中带着许多敬重之情，"希望你们几位能慎重考虑我的提议，花些时间达成共识，我绝对是真诚的，我希望能够和你们一起为孩子们带去欢乐。我很愿意，而且也有能力提供所需的资金。如果没有你们的合作，我什么也做不了。而且，我的健康状况也不好，希望能够把剧院的管理和剧院建造的各项细节工作完全交到你们手上。"

"我们会认真考虑的，亚乔先生。"贝丝严肃地回答道，"正如你所看到的，我们开始有一些惊讶，但是我们如今已经开始适应了这个话题了。我们的小计划，已经被你预计成了一个大型的企业，我们将会非常冷静而且认真地思考这个问题，并决定我们是否有能力接受管理剧院的责任。"

"谢谢你们。请原谅我，各位，我要回房间了。在道尔小姐的指导下，我身体恢复得很好，已经健康了许多。"

帕琪与他握手道别，但是她的注意力在亚乔和那个陌生男人之间转换。那人黝黑的眼神一刻也没有离开过，每一刻都在观察着亚乔的一举一动。亚乔从主管那里拿到钥匙，便向房间走去，走向一楼的走廊。

此刻，陌生男人放下了报纸，第一次露出了全脸。他似乎是一位中年男士，深灰色的头发，发须整齐，面容十分帅气。从他的穿着来看，似乎是位富有的商人。很明显，他也是酒店的宾客之一。只见他漫步走过大厅，大厅里熙熙攘攘，许多宾客聚集在那里闲聊。此刻，他渐渐消失在刚刚亚乔穿过的走廊。

帕琪深吸了一口气,但什么也没对大家说。

亚乔离开之后,大家都开始谈论他的提议。

"这个家伙真是疯了,"亚瑟说,"要建造二十个剧院,而且还得有一个电影工厂来供给电影,即使对一名百万富翁而言,也是一件大事,我实在不知道这个男孩的脑袋里究竟在想些什么。"

"他看上去很真诚,"莫德沉思道,"姑妈,你认为呢?"

"我也感到很迷惑,"蒙特罗斯夫人承认说,"要是我没听说他对戈德斯坦发号施令、戈德斯坦全部言听计从的话,我就不会把他的提议当真。但是此刻,恐怕我得说,他要是没有这个能力的话,是不会提出这个计划的。"

"难道这不是一项鲁莽而冲动的投资吗?"约翰问道。

"坦白说,我不知道。如今,所有的电影制造商都不想让大家知道他们有多富有,但毫无例外他们现在都很富裕。我在想,或许亚乔是大陆公司的持有者之一,或许是一个大股东。如果这样的话,就不仅能解释他对戈德斯坦的发号施令,也能证明他确实有能力提供足够的资金来创建这个大型的儿童电影公司。他毫无疑问地知道自己正在做什么,这样来看的话,就很符合逻辑了。"

"确实如此!这样一切就都能说通了!"帕琪喊道。

"不过,"约翰谨慎地说道,"这只是我们的猜测而已,在认定这件事之前,我们必须得将与这件事不一致的其他情况一起考虑进去。可能老亚乔在大陆公司有一些股份,传给了他的儿子,但是这可能吗?他是一位岛民,而且是位隐士。"

"更有可能的话，"贝丝说，"亚乔的父亲留给他一大笔财产，他用来投资大陆公司了。"

"听别人说，"蒙特罗斯夫人若有所思地谈道，"大陆公司的股份不能以任何价格买入。他们的股息非常高，没有人能够处置这些股份。"

"这整件事情真是太让人疑惑了。"亚瑟说，"这个男孩最开始讲的故事听上去十分坦白直接，但如果按蒙特罗斯夫人的话来考虑，与他的说辞又不太吻合。"

"我认为他在隐瞒些什么。"贝丝说。

"我认为，他打算捏造一个故事来满足我们的好奇心。"露易丝耸耸肩。

约翰环视了一眼大家的表情。"我希望你们不是在质疑亚乔的真诚吧？"他说。

"我一刻也没有怀疑过！"帕琪语气激烈地说，"他的过去可能很离奇，他可能不会将所有故事全盘托出，但是亚乔很诚实，我敢为他担保。"

"我也是，宝贝。"约翰说。

"目前我可不敢这样担保。"亚瑟说道，"我认为他现在的提议不过是纯粹的吹嘘而已。如果你们都信以为真的话，会发现他根本无法履行这件事。"

"那么，他的目的是什么呢？"莫德问，"我目前也弄不明白，他可能想摆出一副百万富翁的姿态吧，让大家认为他是一位慷慨的朋友，还是位慈善家。在真相揭晓之前，他可以实施任何一项秘密计划。这位男孩比外表看上去更为精明。我们可能碰巧救了他，他马上便黏上了我们，我们就摆脱不了他了。"

"我们也不想摆脱他。"帕琪说。

"我认为他可能爱上了我们其中一个女孩,"弗洛伦斯说道,一边淘气地看着她的姐姐,"难道是我吗?"

"还有一种更大的可能,"露易丝说,"他发现大伯是位非常富有的人了。"

"这可没什么道理,宝贝!"约翰喊了出来,这个暗示显然惹他不快,"不要过分臆想这位男孩,给他一次机会。目前来说,他并没向我们索取什么,他是一位懂得感恩的男士,也很热心帮助你们实施雄心勃勃的计划。我认为如果你们对他有看法的话,就太荒谬了!"

大家散伙了,斯坦顿姐妹和威尔登夫妇走回了各自的房间,贝丝也站了起来。"你要睡觉了吗,帕琪?"她问道。

"现在还不想睡觉,"帕琪说,"舅舅要抽完这根晚安雪茄,我想坐在这里陪着他。"

所以,大厅里就只剩下约翰和他心爱的外甥女了。他看起来并不十分气恼,只是点燃了雪茄坐在了大椅子上面,帕琪陪在他身边。

第十四章　伊西多尔·杜拉

雪茄似乎还未抽到一半,帕琪突然抓住了约翰的手。

"怎么了,宝贝?"

"我刚跟你提到的那个人正在大厅那端呢,就是灰白头发的那位,穿着灰色的衣服。"

"噢,是的,点雪茄的那位。"

"就是他。"

约翰凝视着走廊那端,那个人飘忽不定的眼神环视着整个大厅。接着,他小心翼翼地向他们这边走来,他走过了几个空荡荡的椅子和靠背沙发,最后停在了一个躺椅前面,离梅里克先生的躺椅不到六英尺。

"打扰一下,这个座位有人吗,先生?"他问道。

"没有。"约翰回应道,语气不太友善,毕竟那人是有预谋的。

陌生男士坐了下来,沉默地抽起了他的雪茄,他跟他们的距离如此接近,帕琪猜想他会偷听他们的谈话,便不再跟约翰聊天。

突然,男人转向他们,与他们攀谈起来:"我希望你们能原谅我的打扰,梅里克先生,我是否能冒昧地问你们一个问题?"

"什么问题?"

"我看见你们今晚在跟亚乔先生聊天,你们都知道的,他来自桑荷阿。"

"难道不是吗?"约翰问道。

陌生人露出了笑容。

第十四章 伊西多尔·杜拉

"或许吧,假设可能有这样一个地方。不过,他之前去过的地方是奥地利。"

梅里克和帕琪都用怀疑的眼神盯着那位陌生男士。

"我非常确信这就是事实,但目前还不能证明。"

"噢,我不这么认为。"

帕琪刚刚向约翰讲述了他发现这人一直在鬼鬼祟祟地观察亚乔的事情,以及他怎样在亚乔返回房间之后跟踪着他。他们彼此都知道,这次的会面,都与这件事情有关。梅里克先生压抑住心中的怒火,他清楚地意识到这位男士走到他们旁边是想要盘问他们,尽可能获取一些信息。而帕琪也意识到了这点。所以,带着警醒的情绪,他们希望能够了解他的目的,又不让他得逞。

"我猜想,你们是亚乔先生的朋友吧?"陌生人接着说。

"我们是熟人。"梅里克说。

"他有没有向你们提到过他的奥地利之旅呢?"

"你是亚乔先生的朋友吗?"约翰反问道。

"我连熟人都算不上。"那位男士笑着说道,"不过我对他很有兴趣,我通过一位在国外的朋友才知道他的。请允许我介绍我自己,先生。"

他递给了他们一张名片,上面写着"伊西多尔·杜拉 珠宝与名石进口商 纽约少女路36号"。

"我在所有国家基本都有熟人,"男人继续说道,"通过其中一位,我了解到这位名为亚乔的先生。事实上,我有一幅这位男士的肖像照,是在巴黎拍的,我拿给你们看看吧。"

他在兜里翻了翻，拿出了一个信封，他小心翼翼地将照片拿了出来，递给了约翰先生。帕琪惊讶地检视了一遍照片，照片中是位瘦削的男士，一双大而严肃的双眼，甚至连紧闭的双唇都证明了这就是亚乔。不过，照片中的他，留着些许胡须。

"这不可能是我们的亚乔，"帕琪喃喃道，"这位男士年纪要大些。"

"这是因为胡须的原因。"陌生男士说道，他正仔细地观察着他们的表情，"这张照片是一年多之前拍的。"

"哦，不过那时他还在桑荷阿。"帕琪说道，此时的她，内心已经因为这惊人相似的照片而困惑不已了。

陌生男士若有所思地笑了。

"事实上，根本没有桑荷阿。"他说，"所以我们怀疑这位男士说他过去生活在那里的说法。"

"你为什么会对他感兴趣呢？"梅里克问道。

"我就猜到你们会这样问！"杜拉说道，沉思片刻后，他说，"我很了解你的声誉，梅里克先生，请相信我刚才跟你和你外甥女坦白托出的事情是绝对保密的。一年前，我收到我一个奥地利友人的通知，说一位年轻男士已经去了美国，他希望我去会会这位男士。那时，我事务缠身，没有时间去了解这位男士。但我最近来到加利福尼亚休养，发现这位亚乔先生和我收到的照片里那位男士十分相似，所以，我对比了一下，认为他们是同一个人，你觉得呢，先生？"

"确实有一些相似之处。"约翰说道，将手上的照片翻来覆去，"不过，在照片背面，写着杰克·安德鲁斯。"

"是的，就是杰克·安德鲁斯。"杜拉点点头，"你以前听说过这个名字吗？"

"从未听说过。"

"好吧，安德鲁斯在欧洲广为人知，他想要通过另一个假名来躲避他的臭名昭著也再自然不过了。你们注意到他们开头字母的相似性了吗？J·A代表杰克·安德鲁斯，将字母翻转过来，A·J则代表亚乔。顺便问一下，他是怎么解释A的意思呢，安德鲁吗？"

"没有什么特别意思，"帕琪说，"他是这样告诉我们的。"

"我明白了，你们询问他的时候他毫无防备，这可不像杰克，他总是处于防御状态中。"

帕琪和约翰感到十分困惑，他俩都有一种共同的感觉，即亚乔和这幅肖像的主人，似乎是两个截然不同的人。然而，他俩却也有不可否认的相似性，如果他们确实是同一人的话，那么亚乔则是刻意对他们撒谎了。此刻，他们回忆起来亚乔说过的话，以及说话的语气和方式，他们立刻便认为，这位陌生人加诸在亚乔身上的罪名并不成立。

"杰克·安德鲁斯是因为什么事情而在欧洲大名鼎鼎呢？"梅里克默默思考后问道。

"呃，首先，他是一名好高骛远的人。"杜拉回答道，"我听说，他是一位精明的投机者。在交友方面，他很有一套，甚至在名人中间也是。伦敦、巴黎和维也纳的许多上流人士都是他的朋友。通过他们，他建立了非常良好的社会关系。他也是维也纳安伯格女爵高档别墅的贵宾之一。那时，她一套无与伦比的珠宝收藏不翼而飞了，你们应该记得那次事件所导致的骚动吧？"

"没有,先生,我从未听过女爵本人和她的珠宝。"

"好吧,那时候,这件事在几周时间内见诸于各个报端,那套珠宝包含了迄今为止所存在的最罕见而且最值钱的珠宝。"

"你的意思是这位安德鲁斯先生偷窃了珠宝吗?"约翰问道,一边用手指轻轻拍打着肖像图。

"当然不是,先生!"杜拉赶紧喊道,"事实上,他是别墅少有的几位贵宾之一,但是没有任何怀疑指向他。珠宝箱最后一次出现是在伯爵夫人手上,后来便失窃了。这期间,杰克一直都在,不过他的不在场证明很完美,而且,在抓捕小偷的过程中,他也付出了不少努力。"

"那么,珠宝还未被找到吗?"

"没有,整件事情至今还是一个谜。我一个维也纳的朋友,也是一名珠宝商,曾经帮助安德鲁斯寻找盗贼,对年轻的杰克印象深刻,将这张照片发给我,让我在他抵达美国时与他见面。"

"他的家乡是在美国吗?"

"他是在纽约呆过,但是纽约的人们并不了解他的家庭和过去。他在纽约十分闻名,他出手阔绰,名声很好。一年前,他到达了纽约,过着放荡的生活,之后,便突然消失了。没人知道究竟发生了什么,当我在这里发现他化名为亚乔,便明白他的消失是怎么一回事了。"

"我想,"约翰说道,"你现在可完全弄错了,这张照片的主角确实很像亚乔,但是他年纪更大,而且表情也更为……"

"老练而世故。"帕琪说。

"谢谢你,宝贝,我正好不知道怎么表达呢!我确实就是这个意思。杜拉先生,我很确定,安德鲁斯并不是亚乔。"

杜拉先生拿过照片,放回了兜里。"人非圣贤,孰能无过,"他说,"我可能犯了一些错误,但是你也得承认他俩确实相似。"

"是的,他们可能是兄弟,不过亚乔说他没有兄弟,而我也相信他。"

杜拉又沉默地坐了片刻,之后他说:"梅里克先生,我仍然相信我的判断,当然,你们让我更加疑惑了,这件事情作为机密,只和您及您的外甥女提到过。我还会呆上一阵子,研究一下这位亚乔先生,观察一下他的行为。这样的话,或许能获得一丝线索,揭开剩下的所有疑虑。"

"我们会将您介绍给亚乔的。"帕琪说,"你可以尽管质问他。"

"啊,不。我觉得在我没十分确定之前,还是不要跟他接触的好,"他回答说,"如果他不是杰克的话,他可能会为指责他用化名实施交易感到气愤不已吧。晚安,梅里克先生与道尔小姐,很感谢你们的好意。"

杜拉起身鞠躬后,便离开了。

"呃,"帕琪说,"他究竟想知道些什么呢?他从我们这里打听到什么了吗?"

"大多数时候都是他在讲话。"约翰说道,他一直好奇地观察着杜拉先生,"他可绝不是一位珠宝商。"

"是的,"帕琪说,"他是一位侦探,而且我敢打赌,他绝对弄错了!"

"他肯定是位侦探,不幸的是,我们无法提醒亚乔提防他。"

"没这个必要,舅舅。整件事情都很荒谬,亚乔既不是投机商人也不是高调的人,而且从未到过欧洲。杜拉先生又得重新去找人了!"

第十五章　零星珠宝

第二天清晨，帕琪、贝丝和露易丝在一起郑重商讨了亚乔的商业提议。虽然约翰和亚瑟也在场，但没有参加女孩们的讨论。

"对于亚乔是否能承担这家庞大公司的投资费用，我们已经提出了一些怀疑，"贝丝说道，"但他说他会坚持到最后，所以我建议我们接受他的提议。"

"为什么不呢？"露易丝说，"如果他成功的话，这将是件很棒的事情；如果失败的话，我们除了失望之外，丝毫损失也没有。"

"好吧，那我们应该接受这个提议吗，姐妹们？"

"首先，"露易丝说道，"我们应该思考一下，对我们来说，当这家大公司运营之时，我们需要做些什么。"

"我们就将是总经理了，"帕琪说道，"我们必须得为电影选择主题或者是情节，并让电影的制作按照我们的想法进行；之后，必须得让所有剧院按照我们要求的方式上映，我们邀请孩子们来观看电影。差不多就是这些事情吧！"

"这些事情也够我们忙的了，"贝丝说，"不过能做这些事情我们都很乐意。我也相信，等到我们对商业运营的细节更为熟悉之后，会成为很棒的经理的。"

"这真是让我们欢喜的工作。"帕琪说道，"我们的首要任务是要为这些孩子们建造剧院，无论需要花费多少费用，也要让他们尽可能感到舒适，亚乔会支付这笔费用。之后，当所有的剧院都建造完毕后，我们就要开始全心工作了。"

这时，亚乔出现了。女孩们告诉他，她们已经决定接受他的提议，年轻的亚乔似乎非常开心，他的身体恢复得更好了，所以也积极参与到计划的讨论中来。他们列出了二十个剧院的清单，并定下来剧院的选址范围，将会从北方的圣巴巴拉到南方的圣地亚哥。电影制造公司则会位于好莱坞北部的圣费尔南多山谷。

讨论持续了整个上午。午餐后，他们与一位亚乔引荐的知名房地产商见了面，将一份剧院清单给了这位商人，并要求他购买每个镇最适合建造剧院的地点。这笔大生意让房地产商大开眼界，惊讶不已。

"您是希望我先确定选址，还是直接购买土地呢？"他问道。

"你先确定选址，然后立刻买下来，"亚乔说，"我们不想把时间浪费到无意义的讨价还价上面，剧院的选址胜于一切。当然，你也要尽可能把价格控制在合理范围。不过，即使要价过高，也要买下来。我今天下午会将十万美金打到你的银行账户里面，你就可以用这笔钱支付预付款了。之后，若还需要更多的钱，你告诉我一声就可以了，我会马上写支票给你。"

"那太棒了，先生，我会尽全力保证您的利益。"那位地产商说道。

地产商离开之后，女孩们陪同亚乔驱车前往旧金山，去与一位建筑师会面。他们参观了数个建筑师办公室，最终找到了一位让亚乔觉得满意的建筑师。女孩们仔细地向建筑师解释了她们是想要为儿童修建一个豪华而舒适的剧院。当这位建筑师了解了女孩们的想法之后，在女孩们不太成熟的方案之上，他热情满满地向女孩们提出了一些改进建议，并承诺将在几日内完成设计并提交给他们。

从建筑师的办公室出来之后，他们驱车前往了德美银行，亚乔把支票换成十万美元后，便打进了房地产商威尔科特斯先生的账户内。银行出纳对亚乔所表现出来的尊敬，似乎暗示了这张支票仅仅是亚乔账户中的九牛一毛而已。

他们开车回好莱坞的路上，帕琪禁不住好奇地观察这位年轻的资本家。在这一日的各种商业交易中，他一直表现得十分优秀，此刻的她们毫不怀疑，亚乔不仅有能力，也很愿意实施他的承诺。

此刻，一想到杜拉先生和他荒谬的怀疑，帕琪差点笑出声来——他怎么会是一位必须得通过盗窃珠宝来获取钱财的人呢？

这时，为了回答贝丝碰巧提出的一个问题，亚乔又开始聊起了桑荷阿。

"桑荷阿是一个非常美丽的地方，气候比你们的南加利福尼亚州还要温和，北海岸是高耸的绝壁，覆盖着郁郁葱葱的紫檀树和红木。除了建造我们的房屋之外，父亲不允许任何人砍掉这些树。"他说。

"不过，你们那里的人们怎么生活呢？你们海岛上的人们都从事什么产业呀？"贝丝问。

"他们都是渔民。"亚乔说。之后，汽车开到了酒店入口处，谈话也告一段落。

第二天下午，大家午餐后都聚集在了酒店大厅，一位信使将一个外观整洁的包裹递给了亚乔，亚乔一边双手拿着包裹，一边听着女孩们絮絮叨叨，她们正热烈讨论着新电影公司的计划。之后，亚乔十分安静而低调地打开了包裹，放在了身旁的桌子上，里面是几个精致的小盒子，盒盖上写着某知名珠宝的名称。

"我希望，"他说。女孩们突然便停止了谈话，疑惑地看着他，"你们，我亲爱的朋友们，我想要以一件代表我感恩之情的薄礼送给你们。是你们拯救了我的生命，并且，因为你们勇敢而无私的行为，重新给予了我生命，我曾经不小心糟蹋的生命。"当他看到他们脸上惊异且不肯接受的表情时，他继续说道，"请你们不要拒绝这份薄礼，这些纪念品都是来自我的家乡桑荷阿，由一名旧金山珠宝商进行了一些简单的加工，请你们接受它们！"

亚乔一边说着，一边递给每个女孩一个盒子，之后，又分别递给了约翰和亚瑟。此时，桌子上还剩下另外三个盒子，他在每个盒子下面写上了一个名字，然后递给了帕琪，说道："你能帮忙把这些礼物送给两位斯坦顿小姐和她们的姑妈吗？谢谢你了！"

然后，当大家还未从惊异中回过神来，亚乔就转身离开，飞速回到自己的房间去了。

女孩们看了彼此一眼，之后便哈哈大笑起来。亚瑟看起来有些垂头丧气，而约翰谨慎地摆弄着手上的盒子，似乎怀疑里面有炸弹似的。

"太荒谬了！"帕琪蓝色的双眸闪烁着，"你们注意到可怜的亚乔有多害怕吗，他逃跑的样子像是犯了什么大罪似的。不过，我相信他都是好心的，姐妹们，咱们一起打开盒子，看看亚乔究竟做了些什么蠢事吧！"

撕下盒子封盖后，贝丝低声叫了起来，语气充满着惊喜和赞赏。接着，她举起了一个精致的首饰，吊坠上面镶嵌着一颗无与伦比的美丽珍珠；露易丝的礼物也与贝丝相似；帕琪盒子里是一个硕大的珍珠，闪烁着优雅的浅粉色光泽，十分罕见；亚瑟的礼物则是一个戒指，镶嵌着白色的珍珠；约翰的盒子里是一枚领带夹，上面有一颗硕大的黑色珍珠，光彩熠熠。仅仅看一眼，就能知道这些珍珠非同寻常。当大家都沉浸在喜悦中时，梅里克和帕琪的神情异常严肃又困惑，他们看着珍珠，内心充满了不确定，他们看了彼此一眼，很快又望向别处，不想看穿彼此对亚乔的可怕怀疑。这种怀疑，似乎总是不自觉地就出现在脑海之中。

突然，帕琪抬起了头，往大厅四处打量了一眼，尽管他们坐在壁龛里，但大厅里的人都能看见他们。果然，最让帕琪担心的事情发生了，杜拉先生正站在他们旁边，嘴角带着一丝冷笑。显然，他已经注意到这一切。

因此，女孩赶紧将项链戴在了脖子上，公开炫耀着，回应那可憎的冷笑。

亚瑟此刻也欣赏着他的戒指，尽管收到一个跟自己同样优秀的陌生人的礼物让他有些气恼，但他还是戴在了手指上。"确实很漂亮。"他说，"但我觉得，我们不该接受如此贵重的礼物。"

"我不这么认为呢，"露易丝说道，"我觉得这些漂亮的礼物对于救命之恩而言，很合适呢。当然，我和贝丝与这件事情没什么关系，不过，把我们排除在外似乎有些难为情，因此也给我们赠送了礼物。"

"而且这些珍珠都来自于桑荷阿，"贝丝说道，"所以这些礼物也没花亚乔多少钱，除了一些加工费以外。"

"如果桑荷阿真有这么多如此美妙的珍珠,"亚瑟若有所思地说,"那么这个岛应该很出名才对,而不是默默无闻。这些珍珠的尺寸与外表让人感觉很昂贵呢!"

"呃,"帕琪冷静地说,"那么,我们都知道亚乔为什么这么富有了,他的资产多到甚至能建造许多电影公司和剧院呢!这肯定是因为桑荷阿有发达的采珠业。你们还记得吗,姐妹们?他曾告诉我们岛民们都是渔民,他送给我们的这些珠宝,每一个都很贵重,尤其是我的那颗,是我迄今为止见过的最大而且最为美丽的珍珠呢!"

"打扰一下!"约翰生气地喊了出来,一边飞快地走了过去,"你有什么需要吗?先生。"

原来,这时杜拉先生鬼鬼祟祟地走到了壁龛旁,正盯着他们的珍珠,在一个小本子上面做记录。

他低身鞠躬,丝毫也没有愤怒,而是礼貌地回应道:"谢谢你,先生,你已经算很客气了,请原谅我的闯入。"

接着,他关上了本子,装进了兜里,再次低身鞠躬,便离开了。

"真是太无礼了!"亚瑟喊道,恶狠狠地盯着杜拉先生,"肯定是什么小报记者,你认识他吗,舅舅?"

"几天前一个晚上,他主动介绍自己,说是一名纽约来的珠宝商,名叫杜拉。所以,我认为他这么好奇,很自然吧!"

"那我们要留下这些珠宝吗?"贝丝问。

"我会留下我的。"约翰说,他可是从来不戴任何珠宝饰物的人,"亚乔能把这些礼物送给我们,非常大方而贴心,我们不应该拒绝他的这些小小纪念品,就像他说的那样。"

听到这番话,姐妹们都放下心来,她们都已经爱上了这些无比美丽的礼物。

那天晚上,斯坦顿姐妹和蒙特罗斯夫人也都收到了各自的珠宝盒,她们也像其他人一样惊讶不已。她们的盒子里也都是珠宝。弗洛伦斯和莫德是项链,莫德收到的珍珠也像帕琪的一样,巨大而美丽;而蒙特罗斯夫人的胸针则镶嵌着无数颗小型的珍珠。

帕琪劝说大家都佩戴上这些优雅美丽的珠宝,一起去参加晚宴,大家也欢天喜地地佩戴起来。不过,亚乔并未出现,没能见到这美丽的一幕。那晚,杜拉先生又出现在餐厅里,似乎又做了不少记录。

"我再也忍受不了这种怀疑了。"帕琪悄悄对约翰说,"如果杜拉先生需要任何关于这些珠宝信息的话,那我们就把信息给他。这样,他很快就会发现,在怀疑安德鲁斯和亚乔身份这件事情上,他真是愚蠢无比。"

梅里克心不在焉地点点头,走到角落里去抽雪茄了,亚瑟也跟了过去。蒙特罗斯夫人则把斯坦顿姐妹带去了大厅的另一边。

"杜拉先生会到这里来的。"约翰对亚瑟说。

"哦,就是那个带笔记本的家伙。为什么呢?"

"我想,他是一名侦探,不过,他正在跟踪亚乔,他怀疑亚乔是一名窃贼。"

于是,他将之前和杜拉先生的对话以及那幅令人迷惑不已的肖像照一五一十地告诉了亚瑟。

"看起来真的很像亚乔。"约翰疑惑地皱起了眉头,

"不过,我同时也意识到这整件事都非常奇怪。我和帕琪都不相信亚乔就是那名偷窃维也纳女爵珠宝的人,这太荒谬了,亚瑟!我想告诉你,我决心帮助年轻的亚乔,用我所有的能力,以防那些人想要找他麻烦。"

亚瑟没有马上回应,他只是静静地抽着雪茄,脑海里盘旋着事情经过。

不一会儿,亚瑟开口了,他说:"你和帕琪都是对朋友很忠诚的人,我也知道你看人的直觉一向很准。不过,我建议你,这一次,不要太草率,因为……"

"我知道,你会提到那些珠宝的问题。"

"提到这些也很自然,即使我不提,杜拉先生也会提的,就像你开始所预料的一样。这些珍珠都非常罕见而且易于辨识。世界上,黑珍珠的产量不多,比如,就像你所佩戴的那枚。你刚才所讲的,一名珠宝专业人士,拿着一幅酷似亚乔的肖像照,正在追寻某些失窃的价值连城的珠宝的踪迹。而我们,认识了亚乔。他作为一位名不见经传的小人物,赠予了我们一些非同寻常的珠宝,不得不说,这确实很让人好奇。当然,这可能仅仅是巧合,不过,你怎么解释呢,舅舅?"

"亚乔在南海拥有一座岛,那里很有可能盛产世界上的名贵珠宝。"

"桑荷阿?"

"是的。"

"桑荷阿这个地名在地图上完全找不到。杜拉先生也指出,根本不存在这座岛,不是吗?"

约翰摸了摸下巴,不知道该怎么回答。

"他并没有确定,他只是认为不存在这座岛。"

"那又如何呢？"

"如果亚乔在岛屿的问题上撒了谎，那么他就可能偷窃这些珠宝了。"梅里克不情愿地说道。

"就是这样，舅舅。"

"但他不可能是窃贼。杜拉先生说过，安德鲁斯是社会名流，也是一位投机商人，而亚乔则很羞怯，不擅社交，但却是一名很有男子气概的年轻人。他生性安静，也没有什么坏的嗜好，无论怎样也无法将他们二人联系在一起。"

亚瑟又陷入了思考。"我不是不明事理地要怀疑亚乔先生，"他说，"事实上，我也挺喜欢这个家伙。不过，他的离奇过往和支持电影创业的大笔开支让我产生了怀疑。而且你也很少对他的个性进行评判，对我们而言，他看起来羞怯而内敛，而且身体虚弱，但在与戈德斯坦的交流中，他显得很强势。有时候，他十分顽固，而有时，他又似乎对这个世界了如指掌。这对于一名从小生活在与世隔绝的岛屿上的人而言很不寻常。我们究竟了解他多少？他的故事没人质疑，况且南海确实遍布很多地图上未曾记录的小岛，所有这一切，似乎都可以用这个事实解释，这位酷似安德鲁斯的男士，无疑是位非常优秀的演员。"

"确实如此！"一声欢呼从他俩背后传来，原来正是杜拉先生。他跨步向前，镇定地抽出一把椅子，坐了下来，"请原谅我，先生，我偷听了你们的谈话，但我却是十分好奇，想要知道你们是怎样看待这位自称为亚乔的年轻人的。"

亚瑟皱起了眉头，但他并未因此而感到愤怒。"你是一名侦探吗？"他问。

"啊，当然不是了，先生。"杜拉先生不以为然地回应道，"我的名片上写着，我是一名商人，其实，我是一名特殊顾问，受雇于全球最大的珠宝商，分公司遍布欧洲和美国的各大城市。我的名字是杜拉，先生，很乐意为您服务。"他一边说着，一边带着炫耀的神色递上了名片。

而亚瑟却细细观察起这位杜拉先生的面孔来。

"我的工作算是信使吧。"杜拉继续说道，"有一些重要的珠宝需要运送的时候，我会担当运送员的角色，而不是快递公司，这样会更为安全。二十六年的工作生涯内，我可从未失误过呢！"

"那是一家公司单独雇用你吗？"

"是一家公司，但有许多分公司。"

"是独家公司吗？"

"啊，不，我们有许多竞争者。不过都不会影响到我们，比如，和我们实力最接近的对手，总部就在旧金山这里，不过它也像我们公司一样，分公司遍布全世界。约瑟夫这家公司，从事的业务与我们不同，我们主要以珍珠贸易为主。"

"珍珠？"亚瑟若有所思，"那么，就是你的公司遗失了你向梅里克提到的那套珠宝珍藏是吗？"

"不，那套珍藏属于维也纳的女爵。不过，我们也将许多品质上乘的珍宝卖给了这位女爵，还有相应的尺寸、形状、重量和颜色的记录。你现在所佩戴的那一颗，先生，"他指着约翰的领带夹，"正是世界上迄今发现的最好的黑珍珠之一，是1883年在特姆鲁所发掘的。最开始我们公司买下了它，1887年，我将它带到了蒂凡尼公司，他们卖给了格德斯王子。

在他离世后，它再次被买回了公司。1904年，我将它安全送到了女爵的别墅中，一年前，也是在那里，它被窃了，一起失窃的还有188颗其他品种的稀有珍珠，总价值约为50万美元。"

"先生，这颗珍珠，"约翰说道，"不是你所说的那一颗，这颗是在桑荷阿岛的海岸上发现的，你以前可从未见过它。"

杜拉先生禁不住笑了，一边掸去雪茄的烟灰。"在珍珠问题上，我可从没失误过，尤其是我经手过的珍珠。"他说，"一颗好的珍珠随着时间的沉淀将会越来越美丽，了解每颗珍珠的历史是我的工作。"

"即使是约瑟夫公司的珍珠吗？"

"是的，除非是最近才发掘的珍珠。有几件事情我想要告诉你们，希望你们能认真听我说说。过去两年，一共发生了三起胆大妄为的珍珠抢劫事件。第一起事件中的珍珠略次于女爵的珍珠，那是一个夜晚，一位银行信使穿过伦敦的各个街道，准备将这套收藏带给格兰迪森女士。可就在那时，他被刺中了心脏，收藏也被盗了。巧合的是，安德鲁斯正巧经过那里，发现了垂死的信使，他叫来了警察。不过，当警察们赶到的时候，信使已经过世了，而珍珠的踪迹也因此成谜，尽管为了找回这套收藏，银行曾提出了巨额的悬赏。"

"啊，悬赏。"

"这很自然，先生。四个月后，莱莫恩公主也丢失了她美丽无比的珍珠项链。那时，珍珠项链被安放在巴黎大剧院的盒子里，这次盗窃，绝对是聪明绝顶的盗贼所为，项链再也没有出现过。我们都知道，安德鲁斯的那枚盒子紧挨着公主的盒子，不过，这或许是巧合吧！再说女爵的珠宝盗窃案，也就是第三起案件,安德鲁斯也是她别墅的宾客之一。尽管对这位年轻人,并未有任何罪名指向他,不过,我的公司一直对他所卖出的珠宝很有兴趣,建议我在他返回美国后偷偷监视他,我也照此做了。"

"现在,梅里克先生,就前几晚所向你提到的故事,我会告诉你更多实情。在安德鲁斯抵达纽约的前几周,他都一切正常,但在他变卖了七枚精美的珍珠后,便消失了。这些珍珠都不怎么出名,不过,有两枚我追踪到了,是属于莱莫恩公主的项链。公司注意到了各种悬赏,便督促我去跟踪安德鲁斯,不过,这实在太难了,他一丝踪迹也没有留下呢!还好,上天眷顾了我,来到旧金山后,我就遇到了要找的人——杰克·安德鲁斯。他跟以前不太一样,胡须都没了,身体状况也很差,甚至听说他差点溺死在海中。所以,一开始我并不确定他就是我要找的人。于是,我入住了这家酒店,仔细地观察他,有时候我很确定,有时候又很犹豫。不过,当他开始将珍珠送给你们时,所有的怀疑都消失了,这就是故事的全部,你们怎么认为呢?"

梅里克和亚瑟都聚精会神地倾听着,不过他俩对这故事的解读则有所不同。

"我认为你错了,先生,"梅里克说道,"毫无疑问,你被这偶然的巧合给误导了,再加上安德鲁斯被怀疑为珍珠盗窃者,而亚乔又恰好拥有同样稀有而珍贵的珍珠。不过,你还是错了,如果你真的有黑珍珠的重量尺寸信息的话,你会发现,它们跟我所佩戴的这颗并不符合。"

杜拉先生再一次笑了。

"根本没有必要做这个测量,先生。"他回答说,"安德鲁斯给道尔小姐的那颗珍珠也显然是珍藏的珍宝之一，我倒是很想听听你的意见，威尔登先生。"

"起初，我一直对亚乔抱有怀疑之心。"亚瑟说，"不过，我也一直在研究这个男孩的性格，他丝毫也没有能力犯下你所说的那些罪名，例如抢劫和杀人。换句话说，无论亚乔是谁，他也不是安德鲁斯。或者，即使他是安德鲁斯，那么他也是清白的。你的理论通通都是因为你太想获得高昂的悬赏了，才有了这一连串的证据。"

"一连串，"杜拉先生严肃地说，"这些证据足以证明了他的罪行，不管他有多聪明。"

"间接证据，"梅里克反驳道，"这些证据什么也证明不了，这些证据总是让好人遭殃，而让坏人逃逸。只有直接的证据才能说服我，说明亚乔真的有罪在身。"

杜拉先生耸耸肩。"珍珠就是最好的证据。"他说。

"必须得有更确信的证据，才能够让这个男孩摆脱嫌疑，杜拉先生，你做信使的能力强于做侦探的能力。不过，这也不能让我相信，你能够准确鉴别珍珠。"

杜拉先生站了起来，忧虑重重地皱起了眉。

"我明天早晨就要让安德鲁斯被捉拿归案，如果你提醒他的话，我也将同时起诉你们是同谋。"

一听这话，约翰差点愤怒得喘不上气来，不过，他还是坚持自己的看法。

"我对你所说的安德鲁斯一无所知。"他说完，便转身离开了。

第十六章　险境

约翰和亚瑟决定不将此事告诉女孩们,担心她们会因为这件事而忧虑不已,影响她们的休息。所以,他俩再次走回大家中间时,关于刚才发生的事,一个字也没有提。

不过,当女孩们都去睡觉后,亚瑟坐在约翰的房间里,两人一起严肃地商讨起这件事情。

"我们该做点什么,先生。"亚瑟说,"亚乔就是一个普通的男孩,身体也不好,除了我们,一个朋友也没有。因此,我们有责任帮他渡过难关。"

梅里克点点头表示同意。

"我们阻止不了这次逮捕,"他说,"杜拉先生听不进去我们的理由,如果我们协助亚乔逃脱的话,他很快便会被抓住,尽管这个罪名很荒谬,但他不得不面对它,证明自己的清白。"

亚瑟在房间里来回踱步,仍然心神不宁。

"他应该很容易就能证明自己不是安德鲁斯。"他思索着说道,"不过,那些珍珠就难以解释了,它们和被盗窃的珍珠太相似了,连杜拉先生这样的专家都分不清楚,法官们肯定也一样。我希望亚乔能够证明自己是从桑荷阿带回这些珍珠的,这样事情便能马上解决了。"

"他一旦被逮捕,我们就得为他请一名律师,全美国最好的律师。"梅里克说道,"一个好的律师能带来的帮助可比我们更大,他更清楚该怎样让他的客户免罪。"

第二天清晨,亚瑟和约翰很早便起床了,急切地等待着事情的进展,但杜拉先生似乎并不急于行动,他九点左右用完早餐，又读了大约半小时的报纸，之后便心事重重地离开了酒店。而杜拉先生刚走，亚乔便出现在大厅，正赶上斯坦顿姐妹和蒙特罗斯夫人开车离开。

"电影明星们今天肯定迟到了。"亚乔望着她们，喃喃说道。

"是的。"帕琪回应道，"不过，莫德说今天碰巧是他们的休息日，不需要拍电影，只需要参加一部新剧的排练就可以了。但这节奏对我来说也够忙的了。要是她们不那么热爱这项工作的话，对她们而言，真是很辛苦呢！"

"是啊。"亚乔说，"这是一项很棒的事业，我觉得，有趣的事情都不能算做工作。只有当我们不得不做一些自己不喜欢的事情时，才算是工作。所以，通常所说的工作，其实都是玩乐而已，因为充满了乐趣。"

此刻的亚乔，丝毫还未意识到正步步逼近的危机。贝丝、露易丝和帕琪都感谢他所赠予的漂亮礼物，他也因为开心而涨红了脸。显然，她们开心的表情让亚乔喜悦无比。

此时，约翰以平日里惯常的口吻说道："这些无与伦比的美丽珍珠都是来自于像桑荷阿这样的岛。"

"不过，我们还有质量更为上乘的珍珠呢，"男孩回答说，"我房间里还有许多价值更高的珍珠，不过不敢作为礼物送给你们。"

"那么，桑荷阿盛产珍珠吗？"亚瑟问道。

"这是我们的产业之一，"亚乔说道，"数年前，我的父亲买下岛后不久，便开创了采珠业，他意识到了珍珠的商业潜力，从美洲引入了一批人，定居在桑荷阿，专门从事采珠业。每年有一到两次会将一批货物送给代理商。坦白讲，这也是我之所以有资本建立电影制造商和剧院的原因。"

"我明白了。"约翰说道,"不过,我想知道,为什么桑荷阿还是丝毫不为外人所知呢?"

"我的父亲,"亚乔回应道,"偏爱安静和与世隔绝的生活,他很乐于发展采珠业,但是却不肯因为这些价值高昂的珍珠而引来一窝蜂的开发商。他精心挑选了他的领地,这里居住着健康而快乐的人们,满足于自己的生活。直到两年前,我们的美国代理商才了解到我们珍珠的出产地。不过,即使他们百般努力,也未能找到我们的岛。虽然我也不想看到桑荷阿挤满了游客和开发商,但我也不想像父亲一样对这个秘密守口如瓶。"

亚乔诉说得很平静,语气也很让人信服,亚瑟和约翰都毫无疑问地接受了他的这一番解释。然而,面对亚乔即将卷入的尴尬两难境地,那番故事肯定会让许多无心的旁观者无法相信。

女孩们开始聊起了剧院的计划,他们的"经济支撑"(帕琪是这样称呼亚乔的)也热烈地加入了讨论。亚瑟坐在附近的桌子旁写信,约翰则随意浏览着晨报。伊内兹——那位可爱的墨西哥保姆,抱来了露易丝的小宝贝,她即将坐婴儿车去游览一圈,特意过来让妈妈亲吻一下。

一个小时很快便过去了,杜拉先生回到了大厅,身旁跟随着一名面庞瘦削、目光凌厉、衣着普通的男士。他们径直走到了坐在壁龛窗户旁的约翰一行人中间,亚瑟注意到了他们,也知晓即将发生什么,他从桌子旁起身,神情紧张地跟了上去。约翰则放下报纸,皱起了眉头,眼神望向了亚乔。

那位瘦削的男士走到了亚乔面前,轻轻拍了拍他的胳膊。

"打扰一下，先生。"他用波澜不惊的口吻问道，"你是安德鲁斯先生吧！杰克·安德鲁斯先生？"

亚乔转过头看着他，微笑着回应道，"不，我不是，认错了吧，我是亚乔。"接着，他继续跟帕琪说道，"没有必要考虑剧场的音质，因为建筑师……"

"再打扰一下，"那位瘦削的男士打断了他的谈话，语气更加愤怒，"我很确信并不是认错人了，我们有足够的证据证明杰克·安德鲁斯正以亚乔的假名在这一带活动。"

亚乔满脸疑惑地看着他。

"真是太无礼了！"帕琪低声喃喃说道，声音虽然细微，但大家也都听到了。

那位男士有些微微脸红了，望了一眼杜拉先生，杜拉点了点头。之后，瘦削男士继续肯定地说道："先生，无论如何，我现在都握有一份逮捕令，希望你能安静地跟我走一趟，不要造成一些混乱的局面。"

亚乔的脸色瞬间变得苍白，继而变红。他眯缝着眼望着那位警官，但他并未起身，也并未显露出愤怒或者恐惧，只是以平静的口吻问道："你究竟是以什么罪名逮捕我呢？"

"大约一年前，你从维也纳女爵府邸偷盗了珠宝收藏。"

"但我从未去过维也纳。"

"你有机会证明这一切的。"

"而且我也不是安德鲁斯。"

"这你也必须证明才行。"

亚乔思索片刻，问道："是谁要控告我？"

"这位男士，杜拉先生，他是一位珍珠专家，对女爵那套珍宝收藏中的所有珍珠都了如指掌，他认出了几颗你最近送给你朋友的珍珠，就来自于你从奥地利带回的那套珠宝中。"

亚乔再一次笑了。"这也太荒谬了，先生。"他说道。

警官也同样微笑回应，但神情却相当严峻。

"这只是很正常的抗议而已，安德鲁斯先生，我不怪你会否认这件事，但针对你的证据非常确凿，你要一起安静地走一趟吗？"

"我确实无法反抗你，"亚乔说道，一边缓慢地站起身来，显得身子十分单薄。"而且，"他继续说道，语气中带着幽默，"我猜想要是我与一名警官反抗的话，恐怕会有罚金吧！我想你应该带了合法的证件，我能看看吗？"

警官拿出了逮捕证，亚乔仔细看了看又递给了梅里克，梅里克看了之后，便递回给警官。

"我该做什么呢？"亚乔问。

"服从要求吧！"约翰说，"这位警官是来自执法机构的，与他争论也没有用，我会跟你一起去警察局，然后将保释金付了。"

杜拉先生摇了摇头。

"这可不行，梅里克先生，"警官说道，"这次指控是不能被保释的。"

"你确定吗？"

"是的，这是一起引渡案件，在对安德鲁斯进行一番审问之后，他将会被从这里带到纽约，之后再带去维也纳，在那里接受审判。"

"不过，他可没犯下任何罪行！"

杜拉先生耸了耸肩膀。"他已经被指控了，必须得证明自己的清白才行。"他说。

"这真是太不合情理了！"亚瑟插话道，"这样的论断太不公平了，我也对法律略知一二，我认为，在你们将他带往外国法庭之前，必须首先证明他有罪才行。"

"我可不管什么法律条令。"杜拉先生反驳道，"我们的协议只是提供引渡，这就行了。这位男士已经被逮捕了，签署逮捕令的法官也相信亚乔就是安德鲁斯，而安德鲁斯，正是女爵珠宝收藏的盗窃者。当然，罪犯也会接受正式的审问，他可能会为自己而辩护。不过在未确认该案之前，我们也不会给他辩护的机会。所以，就算他再聪明绝顶，也难以逃脱惩罚了。"

"聪明？"这一次，亚乔自己提出了这个问题，一脸茫然的神情。

"我认为你是目前最聪明的坏蛋，"杜拉说，"不过，即使你是最聪明的，但你却犯了一个巨大的错误，居然在光天化日之下赠送你的珠宝。你看看这里，"他说着，一边拿出一个小袋子，"这是著名的塔普罗巴奈珍珠，一共六颗，都是半小时前在你房间找到的，它们正是女爵丢失的部分收藏。"

"呃，你去过我的房间？"

"在法律允许的情况下去过。"

"你之前看过这些珍珠？"

"看过几次，我是一名珍珠专家，一眼便能识别出珍珠的价值。"杜拉先生自信满满地说道。

亚乔冷笑了一声，便不屑地转过身去，面向梅里克。

"你不必和我一起去警察局,先生,"他说,"如果你想要帮助我的话,请为我找一名律师,之后去大陆电影公司,将我目前的困境告诉戈德斯坦。"

"我会的。"约翰立刻回应道。

亚乔转身低头向女孩们鞠躬。

"希望你们能原谅我,让你们看到这样难堪的情景。"他说话的时候,语气里充满遗憾,而不是羞耻,"我不知道是否能够努力避免这件事的发生,似乎在你们这个自由的国度里面,人民护卫者有这样的特权,可以仅仅因为有犯罪嫌疑便逮捕和囚禁某人。目前有人正在犯这样的错误。不过,我想这位傲慢的自称了解珍珠的先生应该不会犯这样的错误吧。"他朝向杜拉先生点点头,愤怒地沉下脸来。

"太让人气愤了!"贝丝说道。

"还不仅仅是气愤!"帕琪说,"不过,你可以轻易就能证明自己的清白。"

"如果我有机会的话。"亚乔同意道,"不过,目前我还是一名囚犯,必须服从逮捕我的人。"

他转向警官,低头鞠躬,表明自己已准备好离开了。亚瑟握了握亚乔的手,承诺会尽一切可能维护他的权益。

"跟他一起去吧,亚瑟,"露易丝说道,"被带到监狱去是件很难熬的事情,我相信他此刻需要一位陪伴在身旁的朋友。"

"这是个不错的建议。"约翰说,"当然,他们在亚乔关进监狱之前会举行预审,我会立刻派一名律师过去。"

"谢谢你,"亚乔说,"梅里克先生,首先需要律师,其次是戈德斯坦。"

亚乔和亚瑟还未随警官和杜拉先生离去之前,约翰便出发去寻找律师了。逮捕的整个过程很平静,就连酒店里的宾客们也都没有察觉到这次逮捕的经过。

约翰一直很憎恨律师这个行业,但是,此刻他才意识到,自己完全不知道该怎么去找到一位优秀的律师来为亚乔辩护。

"我大概只有听天由命了,"驱车在林荫大道上,约翰心里嘀咕道,"坏人都差不了多少。"

约翰一路上左看看右瞧瞧,在一栋大厦前看见了一个标示,上面写着:"弗雷德·科尔比律师。"

"好吧,不能再浪费一分一秒了。"他说道,于是停下了车,沿着楼梯走上了一个光线昏暗的大厅,只见一排排的木门气势森严,但上面都没有律师的名字。因此,梅里克扭开门把手,径直走了进去。

一位穿着短袖面色枯黄的男士正坐在桌旁,桌上散乱地堆放着报纸和杂志,他正在给电吉他安上新的琴弦。约翰走近的时候,他惊喜地抬起了头,放下了手中的乐器。

"我想见一下科尔比律师。"约翰说道,心里对这个杂乱的房间充满着抵触情绪。

"你面前这位就是。"年轻男士回应道,嘴角边掠过一丝微笑,"我猜想你来这里一定是有事在身,而且,你马上就会离开去找另一位律师吧!"

"为什么?"梅里克问道,更加密切地注视着他。

"人们不怎么喜欢我。"科尔比解释道,又再次拾起了吉他,"我没什么自信,不过,对法律而言,我跟其他人一样了如指掌。如果有人探访我的话,我必须得说,我确实没有经验。"

"你从未办过案子吗?"

"只有一些见习而已,我在沙发上睡觉,在咖啡厅用餐,这样来保存我的体力,振奋我的精神。偶尔,会有需要律师的陌生人看见我的标示,爬上楼梯来寻找我。不过,当他见到我本人时,便很快离开了。"

他一边说话的时候,一边安上了一根琴弦,开始随意弹奏起来,一边调音。约翰坐在另一张椅子上面,思索了片刻。

"你以前进过法庭吗?"他问道。

"是的,先生。我是宾夕法尼亚州立大学法学院毕业的。"

"那么,你应该很清楚该怎么为一名被安上莫须有罪名的无辜男士辩护了?"

科尔比放下了吉他。

"哈!"他说,"这可让我有兴趣了,我觉得你已经下定一半决心想把案子交给我了。先生,我确实很清楚该怎么为一名无辜之人辩护,但是我不敢保证能在毫无准备的情况下拯救他,或者让他免于不公正的指控。"

"为什么不呢?法律难道不是为正义而生的吗?"

"或许是吧。不过,为正义服务有时只是空谈而已,抽象的层面上,法律的释义和适用范围与正义关联并不大。坦白地讲,我更愿意为一名罪犯而不是无辜的人辩护,那样会容易许多,你确定那个人是清白的吗?"

约翰沉下脸来。

"或许,我该另外找一名更乐观的律师。"约翰说。

第十七章 困惑的约翰

"啊,我也是充满信心的,先生,我的问题就在于不怎么出名,也并未打算将自己所挣的诉讼费用与那些权威人士们分享。不过,我一直都在关注法律,像加州的其他律师一样,我也很清楚这些审判当中的一些伎俩,我推荐自己的主要理由是,我很乐于接下这个案子,因为我的租金快到期了。先生,为什么不试试我呢,看看我是否能够做到,我会找到解决问题的方法的。"

"这可是一个非常重要的案子。"梅里克坚持说道。

"确实非常重要,如果我交不起租金的话,我的事业就完蛋了。"

"我是指这件事情很严肃。"

"你愿意为一场胜诉而付钱吗?"

"当然愿意。"

"我会为了你而打赢这场官司的,不要仅仅因为我的现况而评判我的能力。先生,把你的故事告诉我,我会即刻开始投入工作。"

约翰突然下了决心,站起了身。

"把你外套穿上。"他说,科尔比敏捷地照做了。约翰将针对亚乔的指控经过简单地向他讲述了一遍,接着说道:"你现在赶紧赶往警察局,这样,在预审的时候就能在场了。之后我们再从长计议。"

科尔比点点头,穿戴完毕后的科尔比看起来风度翩翩。他二话不说便跟着约翰下了楼,骑上了摩托车飞快地离开了。约翰望着他,表情将信将疑,不太确定自己是否选了一个不错的律师。"

很快,约翰也坐上了出租车,前往大陆电影公司。抵达公司后,戈德斯坦虽然在办公室,却被告知因为事务繁忙,而不接待任何访客。然而,当约翰表明自己是由亚乔派遣而来时,便很快被引进了办公室。

"我们的朋友亚乔,"约翰开始说道,"刚刚被一位警官带走了。"

戈德斯坦被吓得差点从椅子上摔下来。不过,很快他便冷静下来,急切地望着约翰。

"是因为什么事情呢?"

"是因为盗窃了某位外国女士的珍贵珠宝,当然了,这纯粹是诬告。"

戈德斯坦轻柔地摩挲着手掌,脸上浮起了一丝欣喜的表情。

"这可太糟糕了,梅里克先生。而且,这还牵涉到我们大陆公司,实在太难堪了!"

"为什么?"约翰问。

"你还不明白吗,先生?"戈德斯坦说道,抑制住嘴角的笑意,"如果报纸抓到了这次事件,便会说我们的老板,也就是大陆电影公司最大的股份持有者是一名窃贼,这会对我们的业务产生极坏的影响。"

约翰看着他,心里思忖着。"所以,亚乔掌管着大陆电影公司,是吗?"他问,"从什么时候开始的呢?"

"大概一年多以前,从当年一月份的股东会议开始,当时这可是大事件呢。股东的年度会议上,这个小毛孩居然表明自己拥有公司最多的股份,并被选为了总裁,重新成立了董事会，将公司辛劳的创始者们都排除在外。之后，什么话也没说，亚乔又离开了。这个股份肯定花了他数百万美元，不过，他究竟怎样持有股份的，至今仍是个谜。那次事件唯一的好处便是新董事会的董事们，都是非常正派优秀的人，亚乔也一直远离我们，不干涉我们的工作。几天前，他来过之后便再未出现过。所以，梅里克先生，对他的了解我和你差不了多少。"

约翰有些困惑了，他越听说更多关于亚乔的事情，也越发现这位男孩非同寻常。

"大陆公司自从亚乔接管后便开始亏损吗？"他问。

"应该没有。"戈德斯坦谨慎地答道，"你也是一名商人，梅里克先生，你应该了解商业的运行机制，无论谁来掌控，都能良好地运营。我不满的地方只是这位年轻人在这里对我工作的干涉，他总是走进来，改变我的命令，让我去做一些与工作无关的事情，影响整个公司的运作。"

"呃，毕竟是他的公司，戈德斯坦。"约翰为亚乔辩护道，"他是你的上司，有权发布命令。不过，现在他需要你的帮助，他让我来这里告诉你他被逮捕的事情。"

戈德斯坦耸了耸肩。"他被逮捕与我毫无关系。"他说道，"如果他靠偷窃得来的资金购买大陆电影公司的股份，那他就必须承担这个后果。我只为股份工作，而不为某个人工作。"

"但你也该去警察局看看能为他做些什么吧？"约翰争辩道。

"我当然不会去了，"戈德斯坦反驳说，"这件事情太普通不过了，还不如电影精彩呢。检察官自会做出判断的，让亚乔自求多福吧！"

听到这话，约翰愈发愤怒："如果亚乔能够说服法庭他并不是窃贼，那么，在没有你帮助的情况下他也能免于牢狱之灾。之后会怎样呢，戈德斯坦？"

"之后？这与我无关，我只是个电影公司的经理而已，我与股东的遭遇可毫无瓜葛。"

梅里克转身走向了办公桌，他不知道怎么继续劝说，便只好走开。走出办公室的时候，他正好看见莫德穿过大厦，扮成了印度公主的模样，看起来美艳动人。她向约翰点头微笑后便离开了，丝毫也未意识到亚乔此刻正陷入巨大的危机。

约翰回到了酒店，心里仍旧忐忑不安，为早晨的事件而慌张不已。只见女孩们正安静地坐在大厅，忙着手中的刺绣活儿。

"啊，舅舅，"帕琪神情郁郁地说，"亚乔还在警察局吗？"

"我想是吧！"他走到她们中间，坐在了帕琪旁边柔软无比的沙发上，"亚瑟回来了没？"

"没有，"露易丝替丈夫回答道，"他可能会一直待在那里，尽可能地帮助亚乔吧。"

"你找到律师了吗？"贝丝问。

"我找到了一位自称是律师的家伙，但我不确定他是否能够帮上忙。"

于是，他讲述了早晨与科尔比的会面经过，让他安心的是，她们三人居然都不约而同地赞成约翰的选择，也都相信这位科尔比律师的能力，理由就是，越奇特的人，往往越有才华。

"你想想看，"帕琪解释道，"他没有别的事情可做，因此全心全意投入了这个案子,因此,亚乔就能够享受这样的专属服务,那些自大的律师绝不会这样做的。"

午餐完毕后,亚瑟终于出现了,看上去严肃又忐忑。

"他们不接受保释,"他说道,"亚乔在接受正式审判前,必须一直呆在监狱里面,而如果他们确定他确实是安德鲁斯的话,他将继续呆在监狱里,直到引渡文书被寄送过来。"

"他什么时候接受审问呢?"

"似乎要看法官的意愿。我们的律师认为控诉人对亚乔身份辨认错误,要求必须马上释放亚乔。那位愚蠢的法官认为针对亚乔的指控是有效的,无论如何,他都拒绝让他离开。他现在还不会对这个案件进行讨论,他签署了一项盗窃罪指控的证明,无论亚乔清白与否,都将他关进了监狱,在正式审问开始之前,拒绝听他的任何解释。"

"这样做确实还是有一些道理。"约翰说,"如果亚乔有罪,又在正式审判前逃掉的话,那可就严重了。"

"但如果他是清白的,就得在监狱里面呆上许多天,忧心忡忡而且颜面扫地。而且即使被抓错了,也不会得到任何补偿,连道歉都没有。"

"或许这就是法律吧。"帕琪说,"不过法律似乎并不能有效保护无辜的人,或许是因为法庭都是一些蠢蛋们在工作,这些人根本干不了别的事儿。"

"必须得有人来做这项工作,不过有能力的男士都不喜欢这工作。"约翰说,"你觉得那位我请来的律师怎么样,亚瑟?"

亚瑟的脸上浮起了笑意。"他非常棒,舅舅!他似乎对这个案子的了解比我和亚乔还多,他给杜拉讲了许多关于珍珠的事情,那位笨专家也一窍不通呢,你在哪里找到他的?"

第十七章 困惑的约翰

约翰将事情的来龙去脉讲述了一遍。

"呃,"亚瑟说,"我想亚乔算是有了得力助手,科尔比帮他在监狱争取到一间单独房间,还有淋浴室和家用设施。一日三餐也是从餐馆送过去的。我离开的时候,狱警出去给亚乔买回一大摞书,他好打发这些无聊的时光,还指不定要多久呢!我真没想到囚犯也能生活得这么滋润。"

"都是有钱的原因吧!"帕琪说道。

"是的,亚乔开了一大堆支票,付给科尔比好几千的律师费。科尔比兴高采烈地告诉我们他还从未挣过这么多钱。不过,他也值得收到这个报酬。"

"科尔比现在去哪里了?"约翰问。

"他去各个报社了,去买下空白的版面,换句话说,他会付钱给报社,让他们对此事保持沉默,起码得坚持到案子进一步厘清之前才行。"

"能这样也挺好的,"贝丝喊道,"你对这件奇怪的事情怎么看呢,亚瑟?"

"我丝毫也不怀疑亚乔的清白,我一直密切地观察他,很确信他绝不是安德鲁斯。不过恐怕他要说服法官的话,不是件容易的事儿,法官会倾向于判他有罪。那位和我一样名为威尔登的法官将实施正式的审问,他今天甚至公开嘲笑桑荷阿的存在,而且,他对杜拉的每个判断都深信不疑。杜拉有一张女爵珠宝的清单,可以准确地核实每种珍珠的信息,结果着实让我很惊讶。不过,我也能看出亚乔也讶异无比。"

"如果他是清白的话,这可太糟糕了!"帕琪说道。

"目前还没必要过分担心,"亚瑟安慰道,"我对科尔比律师的能力信心十足。"

第十八章 怀疑与困境

第十八章 怀疑与困境

午后不久,斯坦顿姐妹和蒙特罗斯夫人便回到酒店了。他们已经听说了亚乔被捕的消息,迫切地想要知道发生了什么。帕琪与贝丝跟随她们回到了房间,向她们讲述了事情的详细经过和目前的进展情况。

"戈德斯坦整个下午都像天使般温柔无比,"弗洛伦斯说道,"他一直咯咯地笑个不停,像男孩一样活蹦乱跳的。我们猜想,他可能是赚大钱啦。"

"他应该为自己感到羞愧。"帕琪义愤填膺地说道,"戈德斯坦已经向舅舅承认,亚乔是大陆电影公司最大的股东,也是总裁,但他一点儿也不肯帮助亚乔。亚乔被捕后,他就拒绝接受亚乔的任何要求了。"

"我听说这件事了,"蒙特罗斯夫人镇定地说道,"戈德斯坦下午向我谈论了这件事,他说他坚信亚乔就是一名珠宝窃贼。他十分不喜欢亚乔,想到亚乔的股份会被剥夺,他就开心不已。"

莫德一边梳妆,一边静静地倾听着她们的谈话。不过,此刻她突然急切地插话进来说:"必须得实际为他做点什么,他现在急切地需要一些帮助,恐怕亚乔目前的境地不容乐观。"

"亚瑟也是这样想的。"贝丝说,"除非他能提供证据证明自己不是安德鲁斯,而且那些珍珠的来源渠道都很正规,否则,他就会被移送奥地利接受审判了。谁也不知道那些外国人会对他做些什么,恐怕不会有什么好结果。"

"确实会这样,"莫德说,"我们必须在审问时有所行动才行。"

"舅舅为他请了一位律师，"帕琪说，"如果他足够聪明又有才智的话，他应该能够救出亚乔。"

"很想看看他要采取些什么办法。"莫德若有所思地说道。她的这个愿望在午餐后很快便实现了，只见科尔比走进了酒店，像平日里一样自信满满，亚瑟便将他介绍给女孩们认识。

"你们必须得原谅我，我现在有个令人讨厌的任务在身。"科尔比说道，"我答应法官明天清晨前将所有亚乔送给你们的珍珠都带回去，他需要将这些珠宝作为证据，并私下与杜拉先生的清单进行对比，我也不敢保证能否再次取回你们的珠宝。"

"呃，那么，你认为亚乔先生真的有罪吗？"莫德冷冷地问道。

"当然不是，我也相信他是无辜的，律师不应该怀疑他的客户，不过，为了赢得这场官司，我必须得证明才行，杜拉先生坚持说自己没有错。"

"亚瑟说你和杜拉先生一样，对珍珠了如指掌。"帕琪问。

"杜拉根本一窍不通。我和他闲聊了一些珍珠的事情，他连玻璃珠和珍珠都分不清楚；我还随意谈论了一些我也不太了解的珍珠知识，他也非常迷惑。其实我只是虚张声势而已，不过到了明天，我对珍珠了如指掌这件事将成为事实，我买了许多关于珍珠的书籍，准备熬夜把它们通通看一遍！"

"这办法不错。"约翰点头称赞道。

"所以，我今晚的任务就是拿到珍珠，一边研究一边阅读。"他继续说道,"迄今为止,我还只通过玻璃窗和玻璃柜看见过珍珠。我们辩护成功的关键就在于能反驳杜拉先生的说法,他认为亚乔的珍珠是女爵珠宝收藏的一部分,他对被窃的珍珠描绘得非常完整,我必须得证明亚乔的珍珠都不属于清单内的那些珍珠。"

"你能做到吗?"莫德问。她神情严肃地望着科尔比,科尔比不禁脸红了,连说话都有些吞吞吐吐。

"我,我希望能做到,斯坦顿小姐。"

"你有考虑过其他的辩护方法吗?"她问。

他坐了下来,好奇地看着莫德。

"我希望你能够给我一些建议,"他说,"我尝试过另一种途径,但是失败了。"

"你不能证明他不是杰克·安德鲁斯吗?"

"如果不能确定珍珠的归属,就无法确认这件事。"科尔比说道,"如果珍珠是被盗的,那么亚乔将无法解释他是怎样得到那些珍珠的,主谋就是杰克·安德鲁斯,或者至少是同谋。而且,你也必须得承认,亚乔与安德鲁斯的相似性也难以解释。"

大家沉默了,纷纷陷入了思考。莫德问道:"你知道亚乔在大陆电影公司所持股份的价值吗?"

科尔比摇了摇头,不过,约翰回答道:"戈德斯坦告诉我价值数百万美元。"

"啊!"莫德一下子叫了出来,"那么,这就是我们的证据了。"

科尔比思索着,眉头紧皱。

"坦白说我不是很明白你的意思。"他说。

"这些被盗的珍珠价值多少钱呢？"女孩问。

"我也不知道。"

"但是你应该知道它们值不了数百万美元。根据杜拉先生的描述，安德鲁斯是一名投机商人，他靠聪明才智而生活，通常靠与富人的子孙后代们投机倒把而营生。即使他偷窃了女爵的珠宝，并以高昂的价格卖出，他也绝不可能有能力购买到大陆电影公司的股份。"

她平静地说着，但这番话让大家一下子都兴奋起来。

"万岁！"帕琪喊道，"这就是你的证据，科尔比先生。"

"简直是天才的逻辑！"约翰说。

"这真是有力的证据。"贝丝说。

"这个理论确实是强有力的证据，能证明亚乔的清白。"亚瑟也说道。

"莫德真是个天才，她应该成为一名女侦探才对。"弗洛伦斯说道，用无比崇拜的眼神望着姐姐。

而律师科尔比，先是有些惊讶，现在也开始赞赏起莫德来，嘴角带着一丝奇怪的微笑，有些宠溺的意味。

"杜拉先生还将另外两起珠宝盗窃案件与安德鲁斯联系起来。"他提醒道，"莱莫恩公主的项链据说是无价之宝，而格兰迪森在伦敦被盗的珠宝收藏也与女爵的珠宝价值差不多。"

"这样的话，"梅里克说，"所有珠宝差不多价值二三十万美元吧，科尔比先生。我认为斯坦顿小姐的提议是一个非常棒的辩护理由。"

"你放心，我不会忽略这点的。"科尔比说，"今晚我会尽可能弄清楚所有被盗珠宝的价值。当然，亚乔也会告诉我们他购买股份所花费的资金。我不确定这样的辩护是否有用，像安德鲁斯这样的胆大而冒险的投机商人，在蒙特卡洛和巴登比比皆是。而且，如果他果真如此聪明绝顶的话，他还可能抢劫过银行，或者通过其他方法大赚一笔呢。但从逻辑上讲，这个问题对辩护十分有益，我会尽我所能地提出来。不过，正如我刚才所说的，我更多的精力会放在珍珠的鉴别上，这点也是杜拉先生最为强调的部分。亚乔在几天之内便会接受正式的审问，也有可能是明天。而且，如果法官认为安德鲁斯已经被逮捕的话，他会在此地等待华盛顿过来的引渡手续，差不多也需要两到三周。"

"那么，这些时间都能用来证明亚乔的清白吗？"莫德问道。

"不幸的是，并不是这样。亚乔在抵达维也纳，被移送给权威部门之前，将不再接受进一步的审问。挽救他的所有努力都必须在正式审问之前进行。"

"你似乎觉得希望很渺茫。"莫德说道，语气里带着一丝责备。

"目前的情况对我很不利，斯坦顿小姐。"科尔比微笑着回应，"这是我接手的第一个重要案子，如果我打赢这场官司，我的未来就能有所保证，所以，我会赢下这场官司。不过，为了这场胜利，我必须得考虑起诉方的控告以及他们的论断对法官所造成的影响，并找到正确的途径去与他们抗衡。我和作为被告朋友的你们在一起时，我可能更多会考虑我这次辩护不利的一面，而法官却能看到我立场坚定的一面，也会本能地相信我。"

大家带来了亚乔赠送的珠宝，交予科尔比。科尔比和他们互道晚安之后便回到了自己的办公室，开始学习关于珍珠的知识，着重研究女爵被窃的珠宝。

　　科尔比离开后，约翰问道："你们觉得他怎么样？"

　　大家似乎都有些惴惴不安。

　　"我想他会尽全力的。"帕琪说道。

　　"他似乎是一名非常聪明的年轻人。"贝丝插话道，仿佛在鼓励大家。

　　"按目前的情况来看，"莫德神情严肃地说道，"他已经给我们提出了失败的可能性，我不明白为什么亚乔身边的证据似乎总被隐藏着。"

　　"那是因为你不了解亚乔，我也是。我们没人彻底了解他！"

第十九章　莫德的备忘录

我母亲曾经对我说："永远别期待一个漂亮女孩会有一颗聪明的脑袋。"或许她这样讲，是因为我曾经不是一位漂亮的女孩，这样能让我有所安慰。无论如何，过去总会存在一些奇怪的说法，比如，仙女们将美丽赐予一个婴儿的时候，便会收回他其他所有美好的品质。不过，这些说法似乎在现实中被屡屡否决，我们还是不要在意好了。

莫德·斯坦顿是位非常美丽的女孩，但她也拥有着与外貌一样出色的智慧，尽管她总是安静而低调，但总会运用她的聪明才智来启发大家。最开始，她就对亚乔的神秘之处惦念不忘，他对于过往生活的浪漫解释以及现状的描述似乎是为了隐藏某些难于启齿的事情，而如今大家也都知晓了。她已经秘密观察亚乔很久了，在他们共处的时刻里，她思索着亚乔每一次无意的话语，并悄悄做了笔记。亚乔被捕一事让她惊讶不已，始料未及，她最初也怀疑过他的清白，但是最终，她回忆了与他共处时的所有片刻，认为他是无辜的。

"对一个男孩来说，他对商业算是了如指掌；对一名外国人来说，他对现代美国的国情也十分了解。"她若有所思地喃喃道，"他在小事上显得很单纯，重要的事务上则显得很精明，这从他对大陆电影公司的控股就可以看出来。"

"如果他真的盗窃了珠宝的话，我想他应该不会笨到把一部分珠宝送给我们，明知道我们会公开佩戴，吸引不少注意的。像安德鲁斯这样机灵的窃贼，绝不会做出如此愚蠢的事情。因此，亚乔不是安德鲁斯。"

"现在，得想想美国投机商人安德鲁斯与出身于神秘桑荷阿的亚乔之间为什么这么相似呢。亚乔的父亲去遥远的岛屿隐居时,应该在美国留下了一些近亲。他为什么要隐居呢?这个问题我也得好好思考一下,或许因为,他身为一名富人,同时还是一位科学家,各种事务缠身,让他想急于摆脱这种繁忙的生活。亚乔告诉我们他在美国没有任何亲戚,可能是因为他父亲对他隐瞒了亲戚存在的事实。我觉得,那位自称安德鲁斯的男士或许是表亲,这样便能够解释他俩的相似之谜了。"

"亚乔的父亲从事采珠业数年,一定积累了一笔不可小觑的财富吧,这也能解释为什么亚乔拥有这么多资本。他绝不是因为盗窃而积累的钱财,除了在大陆电影公司的资本之外,他还有足够的存款拿出一百万美元的资金来投资帕琪的电影公司,并且,对他来说拿出这些资金,完全是小事一桩。这个证据也比科尔比的更有力吧!这就算是我的结论了。"

"那么,桑荷阿在哪里呢?怎样能到达桑荷阿?而且,亚乔是怎样从桑荷阿过来的?如果,他要重新开展采珠业,回到他的家乡和乡邻中去的话,又怎样才能回到岛上呢?"

她努力想要回答这些问题,但却无能为力。所以,莫德将笔记本塞回了抽屉,熄灭了灯,想要赶紧进入梦乡。

但躺在床上的莫德却一丝睡意也没有。

她这么关心亚乔,并不带任何个人的感情色彩,她对亚乔的喜欢,和对其他男孩的喜欢一样,并没有特别之处。尽管她在挽救亚乔的过程中提供了莫大的援助,但她并未因此而爱上亚乔。她之所以对亚乔充满兴趣,只是因为他与众不同,而交织在亚乔身上的、难以解释的复杂之处让她产生了更大的兴趣。莫德有一种感觉,她碰到了一件让她绞尽脑汁的谜题。所以,她一定要解开这个谜题。

突然,她一下子从床上蹦了起来,打开了灯,再一次拿出笔记本,用铅笔写下了一番话:"杰克·安德鲁斯到达美国的具体日期是什么时候?亚乔从桑荷阿到达美国的具体日期又是什么时候?第一个问题警察有记录,应该很容易解答,但第二个问题呢?"

接着,她把笔记本放回了原处,熄灭了灯,很快便香甜入梦了。

她刚刚才萌发的思考,清晰地记录在本子上,她的思绪很快便理清了。

第二十章　女孩式理念

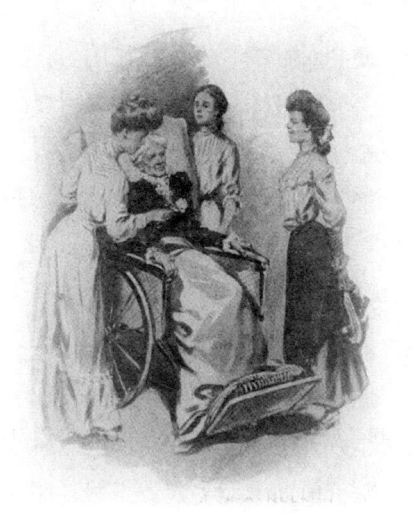

第二天清晨，梅里克先生刚刚走进早餐厅，便看见科尔比走了进来。梅里克邀请他一起喝杯咖啡。

年轻的科尔比虽然因为熬夜双眼红肿，但仍然是快乐无比的样子。当他看见斯坦顿姐妹和蒙特罗斯夫人正在敞开的窗户边用餐时，便热烈请求能够和她们一起用餐，这让约翰多少有些惊讶。

"怎么样？"莫德清澈的双眸望着科尔比。

"正如我所承诺的一样，我研究了一晚上有关珍珠的知识，"他说，"今天早上，我已经懂得了许多有关珍珠的知识，都已经对珍珠产业跃跃欲试啦！"

"就像安德鲁斯一样吗？"弗洛伦斯问。

"不完全是。"他微笑着回答，"不过，这真是一门有趣的学问，有趣到我直到天亮了才放下书本。其实珍珠不过就是珍珠层而已，是某种牡蛎的液体分泌物。一些沙子掉入牡蛎的扇贝之间后，便会对牡蛎产生刺激作用。作为一种自身的防御反应，牡蛎便会分泌液体包裹沙子，之后变硬，便形成了珍珠。"

"这我一直都知道啊。"说罢，弗洛伦斯骄傲地扬起了头。

"这个现象，能解释了我之前所提到的一项发现呢。在提到这项发现之前，我先给大家讲讲背景知识吧！锡兰岛曾经是著名珍珠的产地，早期的埃及人在那里发现了珍珠，波斯海岸和印度洋海岸也发现了不少珍珠。埃及艳后放在酒里融化掉并吞服的那粒珍珠价值四十万美元。当然，那个年代珍珠还很稀有。在罗马的万神殿,一粒珍珠被切成两半,做成了维纳斯女神像的耳环,价值大约二十五万美元。伊丽莎白女王时期,托马斯·格雷沙姆先生也拥有一颗价值七十五万美元的珍珠,他也像埃及艳后一样,服下了这颗珍珠,并宣称这是他用过的最昂贵的一餐。"

"你讲这么多的意思是……"莫德有些不耐烦地问道。

"斯坦顿小姐,这些事情都表明,自从珍珠被发现后,一直价格高昂。如今,我们从南海,甚至是巴拿马、圣玛格丽塔海岸和科罗曼德尔海岸找到的珍珠,与锡兰产出的珍珠一样优质。不过,这些珍珠罕见的大小、形状和颜色,使得它们更为珍贵。比如,莱莫恩公主那串整齐的项链估值为八万美元,因为这种珍珠很容易复制。女爵的珍宝收藏则以它们的形态各异与丰富色彩而出名,比巨大的珍珠更为名贵。这就是我的重大发现。"

"感谢上帝!"弗洛伦斯叹了口气。

"我已经发现,我们那位所谓的珍珠专家杜拉先生,就是个彻头彻尾的骗子。"

"我们也怀疑过这点。"莫德说。

"这下,我们就全明白了。"科尔比说,"就我所知道的,珍珠会根据气候、环境和地理位置而变换它们的光泽度、颜色甚至是重量。维也纳十克拉重的珍珠,在加州可能会变成八九克拉的重量,也很有可能变成十二克拉的重量。珍珠会吸收来自空气和阳光中的湿气和化学物质,并脱落一些黑暗环境或清新空气中所吸收的物质。也就是说,珍珠可能会死去,但也会因为浸没在海水中而复原。至于颜色的话,粉色和蓝色的珍珠通常会变成白色,但如果长期处于黑暗环境的话,阳光的照射会让它恢复原本的色泽。同样,一颗白色珍珠,如果放置在氨气附近,会变换为粉红的色调,而与某些化学物质的结合会使它呈现黑色或者是烟灰色。聪明的人可能会盗窃一颗粉色的珍珠,将它漂白后再把它卖给原主人,也不会被认出来。因此,当杜拉先生试图证明亚乔的珍珠与女爵的收藏一致时,他忽略了珍珠会随气候和环境而改变,根本不可能足够准确,他的这番说辞可说服不了任何了解珍珠的人。"

"呃,法官也知道这点吗?科尔比先生。"莫德问。

"我会告诉他的。这样的话,针对亚乔的定罪肯定就泡汤了。"

"审问会在今天举行吗?"梅里克问。

"我还不知道,要看威尔登法官的心情吧!如果他觉得心情不悦,就极有可能推迟这个案子,如果心情好的话,可能今天就会开始,今天十点钟是审问预定的时刻。"

"你的证据准备好了吗?科尔比先生。"

"跟我谈到的内容差不多,斯坦顿小姐。"他回答道,"昨晚,我跟纽约的人通了电话,询问了亚乔在大陆公司股份的确切数字,得到了一个让人震惊的答案——股份的估值为一百九十万美元。不过,没人相信是亚乔独自拥有这些股份的,大家都认为,可能亚乔是代替某些人坐上这个位置的,真正的股权拥有者都藏匿在他背后。这种情况可不少见。"

"我觉得亚乔不像是卷入这种事情的人。"梅里克说。

"我也觉得,"蒙特罗斯夫人说,"他对戈德斯坦的干预证明他并不接受其他人的指挥,他完全可以按照个人意愿独断专行,丝毫也不在意经济利益。"

"你为什么不问问他本人,而要与纽约的人联系呢?"

莫德问。

"这种情况下,他可能不会提供准确的信息。"科尔比回答道。

莫德皱了皱眉。

"亚乔不是一名普通的客户,"科尔比镇定地说道,"他不肯告诉我任何有关他的事情,或者给我提供真正核心的信息,他只是坚持声称自己是清白的。而我必须证明这一点。我会努力为他辩护,但我不敢期待能从他那里获得多少帮助。"

漂亮的莫德依旧皱着眉,她说道:"我想见见亚乔先生,你能安排一次会面吗?"

"当然,你最好今早便跟我一起去市中心,如果审问开始的话,你那时就能见到他。如果推迟的话,你可以去监狱里面与他会面。"

莫德思索了一会儿。

"好吧,"她说,"我跟你一起走。"她转头对蒙特罗斯夫人说:"姑妈,你得帮我编造个休假理由给戈德斯坦了。"

蒙特罗斯夫人以些许责备的眼光望着她的侄女。

"谁陪你去呢,莫德?"

"我去吧。"帕琪说道。 于是,事情就这么定了,约翰也同意陪同女孩们一起去,这样更能保证她们的安全。

# 第二十一章 阿拉贝拉游艇

在一行人驶往市中心的路上,科尔比说道:"如果杜拉持有奥地利政府签署的逮捕许可令,那么,对亚乔来说,贿赂杜拉先生也不是个坏主意。他可以轻易就被拉拢到我们这一方,整个起诉很快就会被取消了。"

"这也太无耻了!"莫德气愤地说,"我相信亚乔先生不会考虑这个提议的。"

"这是一种策略,并不是无耻。"科尔比笑着说道,"为什么亚乔不会考虑这个建议呢?"

"利用金钱来赢得诉讼也是一种犯罪,与偷窃珠宝一样卑鄙无耻!"她说。

"天哪!"科尔比喃喃道,紧皱着眉,"你看待这件事情的方式可真奇怪。杜拉先生已经被巨额的悬赏所贿赂,如果我们用一笔更大的钱财来贿赂他,使他放弃追捕本来就清白的亚乔,这仅仅就算是保护自己而已吧!"

"难道法官不能同时具备能力与诚实的品质吗?"约翰问。

"威尔登?可能吧!他的能力只限于法律知识,他也以为自己是诚实的。不过,我敢预测,他在做出判断的时候,也会存在偏见。梅里克先生,法官也只是凡人而已,也会犯常人的错误,所以咱们也不要对他期望太高才好。"

"没关系,"帕琪顺应道,"或许我们会发现,他比我们想象中的好呢!"

"他肯定还是有不错的一面的!"科尔比被这句话逗乐了。

他们一行人刚到达法庭，便发现案子已经延期了，于是驱车前往监狱，并获取了探监的许可。此刻，亚乔已经被换成安德鲁斯的名字了。莫德本来想单独与他会面，但科尔比、帕琪与约翰也都在场，她也不便让他们离开。

亚乔还是用惯常明朗的笑容向他们问好，似乎并未因自己的囚犯身份而备受折磨。会面在监狱的会客厅举行，门口有守卫站岗，但非常友好地站在能听见双方谈话的距离之外。

科尔比向亚乔告知了案件延期一事，并将自己辩护的大纲交给了他，亚乔安静地听着，摇了摇头。

"这是你尽全力所能做的吗？"

"是的，先生。"科尔比回答说。

"这能让我免于嫌疑吗？"

"希望如此吧！"

"你也不确定？"

"这不是寻常案件，先生。您的朋友们都相信你的清白，但法官只看重情理之外的事实。杜拉先生是受奥地利政府委托前来指认您的，他会提供证据证明他的论断，您必须得用相反的证据反驳他才行。如果您被移送奥地利的话，毫无疑问将会接受正规的审判，即使您最后被赦免，也会经受许多羞辱，您的名声也将永久地毁于一旦。"

"那么？"

"我会不遗余力地工作，保证您能在审问后被释放，但我希望能有一些更有力的证据用于辩护。"

"那你就去做吧！无论结果如何，我都能接受。"亚乔有些不悦地说。

"我能问一些问题吗？"莫德温和地插话说道。

亚乔转过头，神态放松下来。

"完全没问题，斯坦顿小姐。"

"你都会回答吗？"

"当然。"

"谢谢，我不会干预科尔比的辩护计划，但我想尽我所能帮助你。"

他看了她一眼，表情里充满感激，又搀杂着些许疑惑和喜悦。

"你走吧，科尔比，我想你还有很多事情要做，我要跟斯坦顿小姐聊一会儿了。"

但科尔比迟疑着不肯离去。

"如果谈话与你的案件有关系的话，那么……"

"那么斯坦顿小姐会告诉你的。"亚乔说道，科尔比只好离开。

亚乔转身看向莫德，"现在，你问吧！"亚乔说。

"为了赢得诉讼，还有许多我们应该知晓的事情。"她用诚恳的眼神望着他。

"那你问吧！"

"我想知道你从桑荷阿到达美国的具体日期。"

"让我想想，应该是去年十月十二日。"

"那么久了吗？已经十五个月了，你之前告诉我们你来这里大概一年。"

"我不怎么计算月份，应该是十月十二日。"

"你在哪里抵达美国的呢？"

"旧金山。"

"直接从桑荷阿过来的吗？"

"是的。"

"那是乘坐什么交通工具？"

"轮船。"

"帆船？"

"不，大型游艇，大概载重两千吨。"

"是谁的？"

"我的。"

"现在在哪里？"

亚乔思索了片刻。

"我想卡格船长应该把它停泊在旧金山吧，或许在长滩或者圣塔莫尼卡。"他平静地说。

"就在那个我救你的海滩上！"莫德喊道。

"是的。"

帕琪也抑制不了激动的心情，她说："阿拉贝拉游艇是你的吗？"

"是的，帕琪小姐。"

"那它现在就停泊在圣塔莫尼卡海岸上，我看见过！"

"它是以我母亲的名字命名的，"亚乔说，他的语气变得柔和起来，"是我父亲建造的。我人生的第一次航行就是在阿拉贝拉上，我很喜欢这个小家伙。"

莫德的脑袋正飞快地运转着。

"卡格船长是桑荷阿人吗？"

"当然了，全船的成员都是桑荷阿人。"

"那你十五个月前抵达这里后船一直停泊在哪里呢？"

"它回过一次岛，但是应我的要求，已经又回到美国了。"

"它到这里有些时日了。"

"应该是的。"

"它又从桑荷阿带来了更多的珍珠吗?"

"或许是吧,我也不清楚,还未要求船长给我报告呢!"

约翰和帕琪对莫德提问的速度感到很惊讶,就连莫德自己都感到很惊讶,而亚乔的回答也确实解除了一些疑惑。她若有所思地望着亚乔,似乎在思考下一个问题,亚乔似乎也开始思考起来。

"我并不想让我的朋友们为我担忧。"他说,"坦白说,我一点儿也不为自己担心,这项指控实在太荒谬了,我想法官审问后肯定会释放我的。就算是最坏的情况发生,我被送去维也纳接受审判的话,奥地利人也知道我不是他们要找的人。"

"但这趟移送将会给你带来很大的不便。"梅里克建议说。

"我听说,如果囚犯肯多付钱的话,会被照顾得很好的。"亚乔说、

"那么你的名誉怎么办呢?"莫德不耐烦地问。

"我的名誉只对我重要,而且至今也还完好无损。当然,为了你们,我希望全世界都相信我,但却没有人能够帮助受牵连的你们,所以,你们就当不认识我好了。"

"这太没道理了!"帕琪责备道,"先生,如果你被移送到维也纳的话,我们的电影公司该怎么办?"亚乔的脸上抽搐了一下,但很快便恢复正常,微笑地看着她。

"对不起,帕琪小姐。"他说,"我知道,如果让我们

的公司计划搁浅的话,你会很失望的,我也是。自从出了这件事之后,对咱们公司的事,确实没怎么关心了。"

亚乔疲惫地用手摸着额头,从座位上站了起来,紧张地来回踱步,之后,突然停下来问:"你仍然愿意帮助我吗?斯坦顿小姐。"

"当然,如果我能帮助你的话。"她答道。

"那我希望你能去看看游艇,认识一下卡格船长,告诉他我的遭遇,你愿意吗?"

"当然愿意,我很乐意能帮到你。"

"那我写一封信,你转交给他。"他说,转身向工作人员要写信所需要的材料。很快,材料便送了过来。他在桌子上写了一封简单的便条,将它放入信封递给了莫德。

"你会发现卡格是位很棒的老家伙!"他说。

"那他会回答我的问题吗?"莫德问。

"那得看什么问题了。"他说,"卡格有一些沉默寡言,但他对我来说是很重要的人,你会发现,他将会以各种方式帮助我。"

"我跟莫德一起去可以吗?"帕琪问,"我也想看看游艇,远看起来它真是闪耀无比。"

"如果你们想去的话,都可以。"他说,"梅里克先生如果愿意的话,最好也见见卡格船长,去谈谈我的问题,有梅里克在的话他会更自在一些。卡格曾是一名水手,以前是位性格十分果敢而粗犷的人,但如今,他在全心全意地为我服务。"

"我当然会陪他们去的。"约翰说,"我们不能再拖延时间了,科尔比说你随时可能被传去审问。"

大家正准备起身离去时，莫德又问道："我还有一个问题，你是什么时候到达纽约的呢？"

"是去年一月的某个时间，我记得圣诞后不久，当时经过了芝加哥。"

"你很快就能回忆起这些时间吗？"

"是的，很快。"

"那或许你能告诉我你控股大陆电影公司，成为总裁的日期？"

亚乔一下子露出了惊讶的神色，奇怪地笑着。"你是怎样得知这件事的？"他问。

"戈德斯坦告知梅里克的，他说，这算是一场商业政变呢。"

亚乔再一次笑了。

"确实非常有趣。上一任总裁宾利，他并不知晓我已经控股的事情，他对再次当选胜券在握，甚至专门找了一位摄影师为他记录下他成为总裁的那一刻，摄影师也确实拍下了照片，但照片里是全是他和他手下无比惊愕的表情。那时，我站了起来，用大多数的股份将他逐出了董事会。"

"啊！"莫德说，"那个画面简直可以拍成录像带了吧？"

"当然了，不过目前只有我看过那个录像带，真是好笑极了。"

"那些录像保存着还是已经毁掉了？"女孩问。

"我命令将它保存在我们的档案中，或许戈德斯坦将它储存在好莱坞仓库里了吧。"

"那么，是什么时候呢？"她问。

"呃,年度股东大会总是在一月的最后一个周四举行,你自己算算吧,应该是二十六日。不过,这个准确时间重要吗,斯坦顿小姐?"

"非常重要,我还不知道安德鲁斯从维也纳到达纽约的确切时间,但如果是在一月二十六日之后的话……"

"我明白了,那样的话,那张照片就能帮我洗脱嫌疑。"

"就是这样,我会跟纽约的人联系一下,获取所需要的信息。"

"你不能询问杜拉吗?"亚乔问。

"或许可以,我会试试看,不过还是从轮船职员那里获取直接的信息更好。"

说罢,他们与亚乔握了握手,三人便匆匆离开了。

第二十二章　男子气与女子气

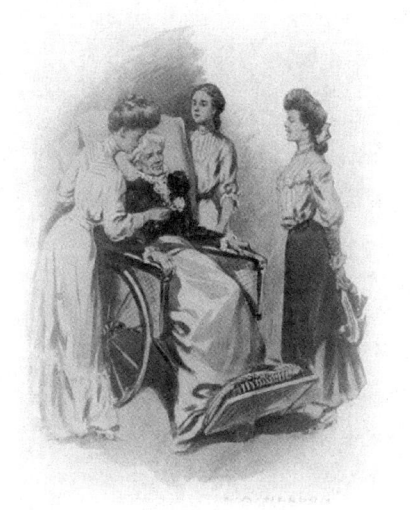

约翰和女孩们商议后,决定在好莱坞的工作室接上弗洛伦斯和蒙特罗斯夫人。

"要是没有她们,独自去参观游艇的话就太不好意思了。"帕琪说,"我们都被邀请了呢!"

"是的,被一名不得已被囚禁的主人所邀请的。"

"尽管这样,游艇还是很迷人的。"帕琪说,"我们应该是第一批踏上甲板的美国人呢!"

自从监狱会面之后,大家兴致都很高昂,在酒店用餐时,莫德简单讲述了早晨的事情,接着便一起登上了梅里克七人座的汽车,前往圣塔莫尼卡海岸。露易丝不能离开孩子,便只有亚瑟和贝丝一起前往。一到达海岸,他们不费吹灰之力便找到了阿拉贝拉游艇。

"不过,他们不会让你们上船的,"附近的船夫说道,"很多人已经试过了,回来后都狼狈不堪。那艘船有些奇怪,但政府也置之不理,应该不会是海盗船。"

大家越靠近游艇,越能感受到游艇的华丽气息,它全身的每个部分都涂着纯白色的油漆,船尾写着"阿拉贝拉",船上的梯子被吊起来固定在上刮片上。正在大家细细欣赏之际,传来了一阵粗沉的声音:

"有什么事情吗?"

"我们想要见卡格船长。"亚瑟答道。

只见那人侧过头去。"谁也不能上船。"他说。

"这有一封亚乔先生写给船长的信。"莫德拿出了信封。

这番话似乎具有神奇的魔力,那人的脑袋很快便消失了。紧接着,登船的梯子便开始下降。不过,一名身着金白色制服的副官很快便走下了船,伸出手来取信件。

"不好意思,我们的规矩十分严格,你们能等到我把这封信拿给船长吗?谢谢!"

然后,他轻手轻脚地上了船。大家一直等着,直到他再次回来。

"船长邀请你们上船。"他说。语气中充满着敬意,但神情中闪烁着几分惊奇。

接着,他陪同他们到达了甲板,甲板不可思议地整洁又迷人。大约有七八位水手正在这里休憩,与副官一样,他们对陌生人的侵入露出了十分惊讶的神情。

但副官并未停下来查看他们是否都安全到达了甲板,便急急将他们带进了宽敞明亮的船舱。

船舱里,他们见到了卡格船长——被帕琪描述为平生所见过得最高最瘦最冷酷的男士。他须发斑白,低垂在脖子上,下巴长而尖,鼻翼宽大,双眼则十分引人注目。他的眼睛有着女孩一般的深棕色,眼神柔和,似乎总在思索着什么,对周围的环境显出一副漠然的样子,令人感到十分不安。

这位阿拉贝拉的船长怀着无比的敬意向宾客们问好,口中喃喃道:"各位请坐。"船舱内装饰华丽而美观,有许多舒适的座椅。

不过,尽管卡格船长态度和语言都很礼貌,但仍能感受到他身上散发着一种排斥,就连莫德和帕琪都开始怀疑,这样的人是否像亚乔所描述的那般,是位坦荡而忠诚的人呢?

"我年轻的主人,"他扫视了一眼手里握着的信件,开始说道,"允许我回答你们提出的任何问题,如果我能回答的话。"

"这是什么意思呢?"莫德问,这番话似乎有些模棱两可。

"我正等着您的提问,小姐。"他朝向她简单地鞠了一躬。

"亚乔先生遇到了一些小麻烦,"她开始讲述,"他被误认成另一个人了,被关进了监狱,得一直等到联邦法官的审讯为止。"

船长的脸上还是没有任何表情,对这样的惊人消息,就连眼神中也没有惊异,他毫无情绪地面对着大家。

"审讯时,"莫德说,"需要证明他确实来自桑荷阿。"

船长就像一尊雕塑似的,依然没有任何回应。

"他必须得证明有些珍珠是来自于桑荷阿的。"

船长依旧没有回应。莫德开始烦躁不安起来,贝丝也很疑惑,帕琪很快便怒火中烧了,弗洛伦斯动人的脸蛋上则挂着奇怪的表情,就连蒙特罗斯夫人也不安起来。

"恐怕,"莫德说,"如果您不帮助他的话,他可能会被移送到奥地利,并且以重罪起诉。"

莫德将这句话说得斩钉截铁,但似乎船长丝毫也未受动摇。她叹了口气,弗洛伦斯一声轻笑,打破了尴尬的气氛。

"你怎么不让自己赶紧行动起来呢,莫德?"她问。

"怎么行动呢,弗洛伦斯?"莫德问道,努力想弄懂妹妹的意思。

"卡格船长可以成为一名优秀的电影演员,"弗洛伦斯说道,"他一直都坚持扮演着自己的角色,一动也不动呢!他说过会回答你的问题,但你的讲话必须以问号结束才行哦!"

蒙特罗斯夫人失望地叹了口气,莫德的脸颊也红了起来。不过,此刻船长望着弗洛伦斯,似乎露出了些许赞赏的表情,使他严肃的形象柔和了许多。帕琪察觉到了这样的变化,赶紧说道:"莫德,我想船长正等着你的问题呢!"

此刻,船长向帕琪投来感恩的眼光,并鞠躬示意。莫德梳理了一下自己的问题,准备开始提问了。

"请您告诉我,桑荷阿在哪里呢?"

"是在南海,小姐。"

"能告诉我经度和纬度吗?"

"不能。"

"为什么?你的意思是你不愿意吗?"

"他们不准许我说出桑荷阿所在的经度和纬度。"

"这也太不明智了吧!"莫德的神情显得有些焦虑,"这样的回答对亚乔来说可十分不利呢!"

船长未做任何回应,莫德沉默片刻后,又问道:"离桑荷阿最近的岛屿是什么?"

"图尔达尔。"他说。

"这是个岛屿吗?"

"是的。"

"地图上有标注吗?"

"没有,小姐。"

弗洛伦斯在旁边笑得越来越响亮了。莫德皱了下眉头,她便很快停下了。

"先生,请您告诉我离桑荷阿最近的,为全世界所知的岛屿名称。"

他微微笑着,回答说:"我不能说。"

这时,约翰终于有些坐不住了,觉得自己也该帮帮莫德,他以和蔼的口吻问道:"对于岛屿所有者想要保护岛屿不为外人所知的想法,我们完全能够理解,毕竟,岛屿因为采珠业而富饶无比,可能有一些想要寻找财富的人流入桑荷阿,会使桑荷阿人陷入困境。但我们是亚乔亲密的朋友,无意篡夺他的岛屿或者珍珠,我们只想让他免于不公正的指控,一名叫做杜拉的人指控亚乔偷窃了一名女爵的珠宝收藏,将它们运到了美国,他有一张疑犯的照片,看上去跟亚乔很相似。"

船长扫视了约翰一眼,一直黯淡无光的眼神仿佛一下子清醒了,但他什么也没说。

"杜拉先生声称在亚乔先生的珍珠里发现的几颗珍珠与被窃的收藏一致,正是这样,他才控诉了亚乔。亚乔说这些珍珠都是从桑荷阿带过来的。没人知道桑荷阿的所在,因此都怀疑亚乔。所以,我们认为,只有你才能证明亚乔的清白,让他得以释放。问题就是,您愿意帮助我们吗?"

"我愿意,先生。"船长答道。

"他们不准许你透露桑荷阿有关的信息吗?"

"是的,先生。任何情况下也不能透露这些信息。"

"十五个月前,您把亚乔先生送到旧金山之后又回去过吗?"

"是的,先生。"

"那你这次是否带过来一些珍珠呢?"

"是的,先生。"

"你已经将它们处理了吗？"

"还没有，先生。"

"为什么不处理呢？"

"我还在等主人的命令呢。"

"从你到达这里后，他上来过吗？"

"没有，先生。"

"你得到的指示是什么呢？"

"把船停泊在海岸边，等待他的到来。"

"呃，"梅里克若有所思地说，"我想就算你不告诉我们桑荷阿的位置，也能帮到我们。你从桑荷阿带来的珍珠就能够让法官们信服，你带了很多珍珠过来吗？"

"不是很多，先生。"

"你都挑选过吗？"

"没有特别挑选过，先生。"

约翰感到极度地失望，但莫德却很急切地喊了出来："请让我们看看！"

虽然这算不上问题，但船长很快便起身离开了船舱，大约十分钟后，他们回来了，背后跟着两位男士，抬着一个沉重的青铜盒子，放在了地板上。

接着，两人离开了房间，船长从兜里掏出了钥匙，打开了船舱护墙板上的一个神秘的面板，里面有着一小隔间，铁钩上挂着另一把钥匙，他取下这把钥匙，打开了盒子，从盒子深处取出了一些托盘，放在了桌子上。托盘上垫着白色的天鹅绒，女孩们围坐在桌子旁，发出惊讶而欣喜的声音。"

"它们可能没有经过特别的挑选，"蒙特罗斯夫人说道，"不过，这已经是我见过的数量最多且最漂亮的珍珠了。"

"这些都来自桑荷阿吗？"莫德问。

"这是岛上两个月的采珠成果。"他回复说，"但这两个月不算收成最好的时候，那段时间气候恶劣，风暴频发。"

"跟这些珍珠相比，亚乔给我们的珍珠算不上什么了。"贝丝说，"这些珍珠肯定价值连城，舅舅。"

约翰点点头，他一边研究的同时，也一边在思索着。此刻，他转头看着卡格船长。

"你愿意代表你的主人上岸，在法官面前作证吗？"

"如果他让我这样做的话，我愿意。"

"你会把珍珠都带上吗？"

"如果主人这样吩咐的话。"

"很好，我们会让他发送指令给您的。"

船长低身鞠躬，转身将拿出的东西都放归原位。接着，他吹了一声口哨招来了两名海员，并带领着他们将盒子带走了。

船舱里只剩下约翰一行人，莫德急切地说："我们还有什么能做的事情吗？"

"应该没有了。"梅里克说。

"那咱们就回去吧，我想赶紧把证据都收集起来，谁也不知道法官会什么时候传唤亚乔审讯。"

船长回到船舱后，大家便向船长致谢，但他仍然一言不发，所以他们便很快离开了，回到了海岸上。

第二十三章　处于优势的一日

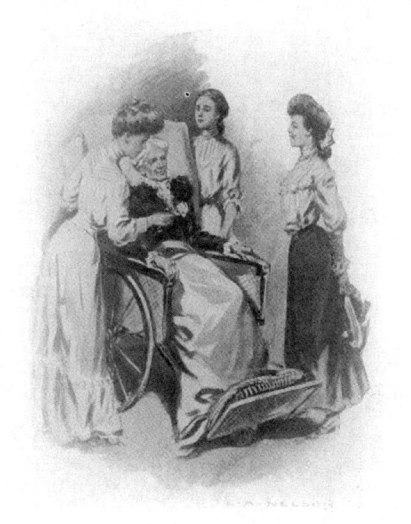

那晚，杜拉先生出现在酒店大厅，舒服地坐在沙发上，似乎他人生的理想就是读读晚报，餐后抽一支烟而已。看见梅里克一行人走进大厅，他投来傲慢的眼光，但他并未试图走近他们。

不过，莫德一看见杜拉，便让亚瑟去会会他，询问一下安德鲁斯到达美国的具体日期，约翰也已经联系了马赫尔·道尔——也就是帕琪的父亲，获取了轮船的清单，试图确定安德鲁斯乘坐的轮船及时间。但迄今为止还未收到任何回音。

亚瑟以在柜台买烟为借口，假装漫无目的地踱步，便不知不觉走到了杜拉的附近，之后，假装偶然注意到他，便随意地说道：

"啊，晚上好！"

"晚上好，威尔登先生。"杜拉回答道，语气中夹杂着难以抑制的胜利之情。

"我想你应该对自己所取得的胜利很满意吧？不过审讯推迟了。"亚瑟说。

"是的，先生。不过审讯只是形式而已，我已经发电报给维也纳的警务处处长了，也收到了大使的回复，引渡的文件很快也将发送过来，领事会帮助我移送罪犯，这大概需要几天的时间，所以也不用急着审讯。"

"明白了，陪同罪犯回到维也纳是你的意愿吗？"

"当然，还没给你讲过吧，维也纳警察长委托我逮捕安德鲁斯，并送他去接受审判，我所在的公司也任命我这样做，想尽快找回遗失的珍珠。"

"为什么呢？"

"呃，坦白说，那位女爵为了购买这些珍珠还欠我们公司一大笔资金呢！她把所有的财富都投注在这套收藏上面，所以，除非找回这套收藏……"

"我完全能理解贵公司的迫切之情。不过，除了这一点，应该还有一笔令人垂涎欲滴的悬赏金吧？"

"不算特别多吧，这也能让我在这起事件中所付出的心血有所回报。当然，我的公司也会拿一半悬赏金。"

"他们也太吝啬了，应该全部都是你的才对。"

"谢谢你，这次经历确实很坎坷，威尔登先生。"

"还不仅如此吧，我觉得安德鲁斯先生的逃逸还挺浪漫的呢！或者，对你来说，你觉得是一场悲剧？"

"对安德鲁斯而言是一场悲剧。"杜拉先生神情严肃地说，"法官们对于这种人都很严厉的，所以你要记得，如果安德鲁斯熬过这次审判之后，无疑还会让他为巴黎抢劫案和伦敦谋杀案负责。不过这也是件好事，不然他那么聪明，很容易就逃之夭夭了。"

"我觉得他还没那么聪明。"亚瑟平静地说，"似乎你发现他隐匿一事也没有花费太长时间，他回美国才不过十五个月。"

"是十一个月之前，还不到十一个月。"杜拉先生反驳道，一边掏出了笔记本，"他是去年一月二十七号乘坐和平女神号轮船抵达美国的。"

"啊，二十七号吗？你确定吗？"亚瑟问。

"当然。"

"我记得他是一月十五号到达美国的。"

"不，你记错了。我也登上过这个轮船，但是错过他了，他在乘客名单上。我后来才知道，可能是担心被逮捕，他下船时非常隐匿。不过，那时我也没有什么证据。"

亚瑟又问了一些无关痛痒的问题。接着，向杜拉道晚安之后，他回到了女孩中间。

"你赢了，莫德，"他一边坐下一边说道，"你的线索确实是一个启示。安德鲁斯是在一月二十七号抵达美国的，就在亚乔出现在大陆电影公司年度股东大会后的一天。"

"那么我们再也不必为亚乔担心了！"帕琪欢欣地说道，"有了这个证据，再加上卡格船长和那些珍珠的证明，再愚蠢的法官也会知道亚乔是清白的。贝丝，咱们的剧院终于能开建啦！"

第二十四章　十九号录像

"呃，你最近都去哪里了？"第二天清晨，当莫德走进办公室时，戈德斯坦用粗鲁的语气问道，"你昨天为什么不来上班？你不知道这会给我们带来很多麻烦和损失吗？"

"我没怎么担心这个问题。"莫德说，一边镇定自若地坐在了经理对面。

戈德斯坦看着她，显得小心翼翼。

"你是一名很优秀的演员，在电影圈也很受欢迎，"他说，"不过如果你不能按时工作的话，我们付给你的报酬就太高了。"

"确实如此！"

"没有任何一个电影公司能给你这么高的报酬，我们愿意这样做的原因是因为你是我们的特色之一。"

"我这次算是旷工吗？"

"旷工？"他吼道，握紧了拳头，"当然不是，谁会说是旷工呢？不过，我对公司负有责任，像你这样的行为，必须受谴责，不会很严重，但谴责是你应得的，跟你一起的妹妹也一样。"

"我们去帮助公司的总裁了，也就是亚乔先生，去证明他的清白。"她解释道。

"你帮不了他，谁也救不了他。"他说道，语气中夹杂着胜利与满意之情。

她若有所思地看着他。

"你似乎很高兴看到他被判刑，戈德斯坦先生？"

"我很高兴他被逮捕了，亚乔对我来说算什么呢？一个闯入者，一位腰缠万贯的男孩，购买了股份，接着便开始插足他丝毫也不了解的产业。你是一名专业人士，斯坦顿小姐，你也明白我们是如何获取知识的，需要长时间的经验积累和细致的学习，任何蠢蛋都能买下这个产业，但只有专家才能成功地运营它。所以，看到这名捣蛋的小子终于能永远消失，我很高兴。"

"但他不会消失的！"她反驳道，"等他被审讯完后，会被释放，你还是得跟他打交道，所有的证据都偏向他这边，有足够的证据证明他不是他们要找的人。对了，我突然想到，去年一月，有一个影像视频，证明亚乔先生在股东大会上接管了大陆电影公司。"

"我从未见过！"戈德斯坦摇摇头。

"它就在这里，得马上拿出来，才能在证据链上派上用场，在法官面前展示，去让阿尔弗雷德把它从地下室拿出来吧！"

"我为什么这样做呢？"他皱着眉问道。

"因为，如果你拒绝的话，亚乔先生就有可能另外招聘一位经理，没有一个公司会付给你这样高的工资，这你也知道。"

刚开始戈德斯坦还不知所以地得意忘形，之后便开始显露出严肃的神色了。

"你确定他能被释放吗？"

"我确定。"莫德答道，"他确实不需要电影，但让你来创作电影，却是一项非常高明的策略。"

"阿尔弗雷德！"经理喊道，"去把分类簿拿给我。"接着，他便开始一张张翻阅着。

"一月，呃……呃……"

"一月二十六日！"她说！

"这有，年度大会特别记事，大陆电影公司，19号，去把十九号文件拿出来，阿尔弗雷德。"

阿尔弗雷德离开的时候，戈德斯坦陷入了沉思，莫德则耐心地等待着。

"你想想看，"戈德斯坦突然说，"我为大陆电影公司创造的价值比我得到的薪水更多，这是因为我知道，这个产业的利润不容易下降，因此，我应该获得更高的工资。斯坦顿小姐，你是亚乔的朋友，你应该跟他谈谈有关我的事情。"

"我会的。"她说。

"你可以说我知晓这个行业里面所有的规则，告诉亚乔，其他电影公司可都为我抢破了头，但我都拒绝了，因为我相信总裁会看到我的价值，给我提高工资。这听起来很不错，是吧？"

"听起来令人印象深刻。"

"这绝不是梦，啊，阿尔弗雷德回来了。"

他将一个包裹着石蜡的圆盒子放在了桌子上，上面贴着一个标签。

"十九号，就是这个，把这个拿到影印室去，让麦克唐纳尽快给我做出一个拷贝，告诉他弄好了之后就告诉我。"

阿尔弗雷德离开的时候，莫德说："我不需要等待吧？"

"不需要，沃纳想让你去参加'公主之爱'的彩排，我会打电话让你过来看这个十九号碟片的，然后你就把这个带给亚乔吧。别忘了在他面前给我说些好话哦！"

第二十四章 十九号录像

五点钟左右，莫德梳妆完毕准备回家时，被叫到了小暗房，所有的电影都在这里播放、剪辑和测试。她让蒙特罗斯夫人和弗洛伦斯也与她同去，发现戈德斯坦和播放员正在播放机旁等着他们。

这个场景非常短，也不怎么有趣，但意义却很重大。场景描绘了股东年会的大厅内部所发生的故事。录像开头，董事会成员们开始聚集，有两三位看起来浮夸又傲慢的人面对其他人坐着，会议便开始了。突然，一位坐在后面的瘦弱的男孩站起身来，说了些什么，坐在前面的人士便立刻浮现出恐慌的表情——那个男孩，一眼便能看出是亚乔。他走上前，展示了一些文件，前面的几位认真核查了一遍。最后，他登上了总裁的座椅，而前任总裁惊慌失措地离开了，下面的一些股东则热烈地鼓起掌来。播放完毕后，灯光熄灭了，戈德斯坦打开了门，"确实是同一个男孩，"他说，"我以前也从未看过这个片子，这片子能看出他是怎样扭转局势的，我在想他从哪里得到的这么多资金呢？"

莫德说服戈德斯坦同意将播放员带去市中心，在法官需要的时候播放给他看。之后，她便心满意足地回到了酒店，她已经算是尽全力去帮助亚乔了。

第二十五章 审判

马赫尔·道尔的一封电报也证实了杜拉的说法,安德鲁斯确实是一月二十七日乘坐和平女神号轮船来到纽约的,科尔比律师的报告也表明,他已经彻底了解了有关珍珠的一切,能轻易地让杜拉先生这位所谓的专家被迷惑得晕头转向。就这样,过了三天,斯坦顿姐妹们依然忙于工作,帕琪他们也忙于享受着好莱坞宜人的气候。此时,传来了消息,法官将于十三号九点对亚乔实施审讯,也就是星期五。

"星期五!十三号!希望亚乔不是个迷信的人!"帕琪做了一个鬼脸。

"这个组合对有些人来说还是幸运日呢!"亚瑟笑着说,"我们祈祷亚乔也是其中一位吧!"

"当然啦,我们会去一探究竟的。"贝丝说,她似乎从来就不会有反对意见。

莫德收到了亚乔写给船长的信,要求他到法庭上去,莫德把这封信件安全地送到了游艇上。同时她还嘱托戈德斯坦,让播放员待命。最后,大家在晚上开了一个小会,把完整的辩护流程又仔细地排演了一遍。

"相信我,这个案子没什么好担心的,就是个过程而已!我都有些不好意思拿亚乔先生的酬劳了,斯坦顿小姐把证据都给我准备好了,我也曾经觉得案子棘手,不过,现在我学习了好多与珍珠有关的知识,对珠宝产业都跃跃欲试了。"

星期五的清晨,天气晴朗而凉爽,是加州完美的天气之一,威尔登法官出现在法庭上,表情肃穆而平静,似乎心情很好,仿佛对亚乔而言,一切都是好兆头。

检方是两位知名的律师，带来了许多证人，其中一位便是奥地利的领事。检方先是对化名为亚乔的杰克·安德鲁斯罪行的叙述，描述了从成为女爵的宾客开始，到最后处理盗窃珠宝的全过程。因此，检方要求将罪犯关押在监狱里，直到引渡手续送达，再将其引渡到维也纳警方处，接受审判和刑罚。法官已经十分明了整个过程，因此，他神情漠然地听完叙述后，便询问是否有反对意见。

科尔比站了起来，他否认所在押的囚犯就是安德鲁斯先生，以及他曾去过维也纳的事实，表明这是一起身份错认的案件。他同时也表明，他辩护委托人的自由因为检方愚蠢的错误，而受到了牵连，他要求立刻释放囚犯。

"你有证据支持你的申诉吗？"法官问。

"尊敬的法官，我们有证据，但检方必须首先证实他们的起诉。"

检方立刻做出了回应，展示了安德鲁斯的照片。对比后，法官认为这无疑就是囚犯的照片。杜拉先生站了出来，拿出了由女爵本人亲自证实的珍珠清单，清单中标明了珍珠的色泽、重量和价值，杜拉先生拿出了亚乔送给约翰一行人的礼物，一一进行对比，在法官面前描绘了颜色，并进行了称量。

威尔登法官一直频频点头，这样的证据似乎确凿而无可辩驳，而且，辩护方似乎也承认这些珍珠都属于亚乔先生。

之后，科尔比站了起来，驳斥道："亚乔先生，有……"

"请描述嫌犯全名。"法官说。

"全名是亚乔。"

"A代表什么意思？"

"就只是开头字母而已，法官先生。亚乔先生没有别的名字。"

"他应该有别的名字吧，名字都很容易获得。"法官冷笑着说。

"亚乔先生出生于桑荷阿，十五个月前才来到旧金山，此前，他从未踏足过桑荷阿之外的地方。"

"桑荷阿在哪里？"法官问。

"是南海的一个小岛。"

"属于哪个国家？"

"是独立小岛，由亚乔的父亲在多年前从乌拉圭买下来的，现在属于他的儿子。"

"你提供的信息太不明确了。"法官打断他的话。

"我也知道，法官大人，但我的客户坚持将岛屿的位置保密，因为海岛上的采珠业非常发达，而且利润丰厚，检方展示的珍珠都来自桑荷阿。"

"那你怎么解释这些珍珠与清单上的如此一致呢？"

"我也能制作出跟清单一样的珍珠，清单里面基本上涵盖了各种尺寸、重量和色泽的珍珠。"科尔比说道，"为了证明这点，我要求刚刚从桑荷阿过来的卡格船长出庭作证，他最近在桑荷阿开采了一些珍珠。"

卡格船长和另外两名守卫着珍珠盒的水手出庭了，他拿出了装满珍珠的托盘，放在了法官面前的桌子上，法官先生露出了惊讶的神情。杜拉先生的惊异之情也完全流露在脸上。

科尔比将清单拿过来，拾起一颗托盘里的珍珠，在杜拉先生的天平上称了一下，并在清单中找到了极为相似的珍珠,他还随意挑选了另外几颗,也都能在清单上找到对应的珍珠,这时,杜拉先生的律师将他叫到了一边,窃窃私语着。只见,他的表情由气愤变成了欣喜,他叫道:"尊敬的法官大人,这就是那套收藏,从女爵府邸盗窃的!"

法官瞅了他一眼,倚靠在椅子上,点头表示赞同。

"太没道理了!"科尔比抗议道,"正如法官大人您所见,这托盘内的珍珠数量是清单的两倍。"

"当然,"杜拉激烈地反驳道,"这里还有莱莫恩公主的项链和格兰迪森的收藏品。法官大人,辩护方已经提供了证据,证明这位囚犯正是那位聪明绝顶的窃贼'杰克·安德鲁斯'。"

此刻,科尔比已经无力辩驳了,法官问他是否还有其他证据呈上。

"这些珍珠,"他说,"在他们的主人认领之前会一直保管在我这里,除非卡格船长能证明它们是囚犯的合法财产。"

惊慌失措的情绪弥漫在辩护方的人群之中,女孩们也极度失望,约翰和亚瑟则困惑不已,似乎只有亚乔还镇定自若,嘴角弯起好看的弧度,迷人地微笑着。他注视着法官,等待着命运的裁决。

检方人群此刻脸上都挂着得意洋洋的表情,似乎已经认为他们取得了胜利。

此刻,科尔比已经准备打出决胜的一击了,是莫德·斯坦顿的逻辑和努力,有力地支撑了这场辩护。

"检方,"他说,"宣称维也纳的抢劫案是在九月十五日发生的,杰克·安德鲁斯是乘坐和平女神号于一月十七号下午抵达美国的,我描述的日期都准确吗?"

法官询问了一下速记员。

"以上日期都是准确的。"法官傲慢地说。

"这些都是由旧金山港口指挥官签署的文件,证明桑荷阿的阿拉贝拉游艇是在十月十二日抵达港口的,船上下来的乘客正是亚乔。"

"这或许是也或许不是这位囚犯。"检方律师宣称。

"是的,"法官说,"亚乔这个名字既不特别也不容易辨识。"

"一月二十六日,也就是杰克·安德鲁斯抵达美国的二十四小时前,"科尔比继续说,"这位囚犯,也就是亚乔先生,曾现身于大陆电影公司的年度股东大会上,并最终被选为总裁。"

"你的证据是什么呢?"法官问道,忍住了个哈欠。

"我请求呈上会议的记录,由秘书播放。"

"我反对这个证据,"检方律师说,"没有证据证明那个亚乔先生就是眼前这位囚犯。"

"这些记录是一部会议的视频电影,请求法官大人允许我播放这段视频作为证据。"

法官对于这个新奇建议显得有些讶异,但还是点头表示赞同。一瞬间,播放员从天花板的吊灯上放下了荧幕,并拉下了遮光窗帘,把投影仪与电灯插座连接起来。

接着,屏幕上便开始显现出画面,因为房间还不算完全漆黑,而且现场条件有限,播放的画面不算特别清晰。不过,仍能够清晰地辨别出每位股东的面容,尤其是作为中心角色的亚乔,绝不可能被认错,也没人能怀疑他的身份。

播放完毕后，房间又重新亮了起来。杜拉的脸上有些烦躁不安，律师则闷闷不乐地坐着，表情有些困惑。

此刻，科尔比传唤戈德斯坦出庭，他证明亚乔确实是公司的总裁，也是最大的股份持有者，并带来了无可争议的证明文书。

女孩们的脸上开始浮现出微笑，对她们而言，这场辩护是绝对令人信服的。不过，杜拉的律师们都是很有经验的专业人士，并不会轻易服输。他们认为，刚才所播放的视频，是在稍后的时间段制作出来的，替换了之前所提到的录影带，并质问了戈德斯坦，他承认曾替换过录影带。不过，对辩护人来说，他可不算是令人满意的证人。此刻的科尔比开始后悔将这个家伙传唤到法庭了。

法官似乎也很乐意接受录影带是被替换过的说法，他实际上已经决意否认亚乔的一切辩护，此刻，他仔细地聆听着检方的陈述，不断打断科尔比提出的反对意见。

最终，威尔登起身，陈述了他的最后决议。

"证明囚犯为安德鲁斯事实的证据均已呈上，辩护方也呈上了与被窃珠宝相似的珍珠，并试图证明神秘小岛桑荷阿的存在。法庭是不会轻易被蒙蔽的。鉴于以上证据，我宣布，囚犯为杰克·安德鲁斯，他将在实施罪行的维也纳接受进一步的合法审讯，将他暂时关押等待进一步候审。本法庭宣布休庭。"

第二十六章 雨过天晴

当然，我们的朋友中，除了戈德斯坦外，没有一个人认同法官的观点，愤怒和憎恨清清楚楚地写在每个人脸上。

戈德斯坦摩挲着双手，走近了莫德，悄悄说道："你不必在亚乔面前赞美我了，我想他再也不会干预我的工作了。，明天早些来上班，还有很多排练工作等着你呢！今天我就安排你休假，斯坦顿小姐，法官已经把事情解决了，不管对与错，毕竟法律高于一切。"

他说完后便很快离开了，约翰望着他的身影，说道："'法律高于一切'这句话真的对吗？当我们受到不公正的审判和压迫时是有多么无助。一位披着法律的外衣，带有偏见且能力有限的家伙，怎么就能够否定我们的一切？"

科尔比沉默了，眼眶里噙满了泪水。"这是我第一个案子，也是最后一个。"他说，"事实上我已经胜利了。是法官，而不是证据，打败了我。我会将办公室租出去，另觅一份司机的工作。"

亚乔是最平静的一位，"没有关系，朋友们，"他对他们说道，"一切终会有分晓的。科尔比，如果你支持我的话，我会让你担任我在奥地利法庭的律师，或者至少给我的律师们一些建议。我相信在维也纳，他们会公平地对待我的。"

"太令人气愤了！"帕琪说，"我想给法官点颜色看看！"

"如果你这样的话，会因为污蔑法官而被罚款的。"亚瑟说。

"就只是罚款而已嘛,我想他不会这样做吧!"帕琪说。

狱警准备将亚乔带回监狱,亚乔的脸上浮现出一丝神秘的微笑,说道:"无论法官怎样判决,总有一方会胜利。小姐,只有聪明绝顶之人才能让所有人满意。"

"你们都赶紧离开!"狱警大声吼道。

卡格船长将空盒子带回了游艇,约翰一行人则回到了酒店。他们聚集在屋子里,举办了一场讨伐大会,在这里,他们可以任意发泄自己的愤怒与失望,而且也很安全。

"每一个真实的证据都站在我们这方,"莫德说,"我不明白为什么我们会输掉。"

"贿赂与腐败。"弗洛伦斯说道,"我敢保证,杜拉肯定会给法官分一部分悬赏金。"

"现在就只能看亚乔的发挥了。"贝丝无比懊恼地叹了口气。

"是的。"科尔比说,"法官不允许上诉,因此,我们什么也做不了。亚乔必须得去维也纳接受审判,不过,在那里,他可能会被释放。"

"他真是太勇敢了,"帕琪说,"这件事情一定伤害了他的自尊,但他一直微笑面对。他的身体本来就不好,囚禁和污蔑会让他身体状况变得更加糟糕,但他一声也没吭。"

"那孩子真是个不错的人。"约翰说,"或许是因为他拥有父亲为之骄傲的约翰·保罗的血脉吧!"

这时,亚瑟进入了大厅,看到了杜拉,他正舒服地坐在那里抽着雪茄。他向亚瑟点头问好,一副洋洋得意的神情,这让亚瑟再也抑制不住自己的情绪,说道:"好吧,你赢了。"他一边说,一边在杜拉旁边的空椅坐下。

"是的,当然。"杜拉回答说,"但我得说,安德鲁斯也很厉害,我一度都被他的不在场证明和证据弄得困惑不已,珍珠那一幕是我见过的最高明的诡计了。不过,这也都失败了,我警告过法官要注意这些诡计,他也知道他处理的案件非常棘手。"

"杜拉先生,既然事情已经解决了,咱们还是开门见山地说吧,你真的相信亚乔就是杰克·安德鲁斯吗?"

"我?威尔登先生,我虽然不是侦探,但我能很好地洞察人性,从我看见他的第一眼起,我就知道他就是安德鲁斯。我能够理解你们这些善良而慷慨的人们,被这个家伙给玩弄了,我也很欣赏你们为了他坚持到底的勇气,我对你们没有一丝恶意,对安德鲁斯也是。"

"那你为什么要坚持囚禁他呢?"

"有两个原因。"杜拉说,"作为一名著名的珠宝专家,我想证明自己的能力;另外,作为一名生活条件不好的人,我想要获得悬赏。"

"你会得到多少钱呢?"

"悬赏总共加起来两万美元,我会得一部分,我的公司会得一部分。"

"我认为,"亚瑟为了试试杜拉,说道,"如果让亚乔释放的话,他可能愿意付给你两倍的金钱呢!"

杜拉摇了摇头,笑着说:"本来是严格保密的,现在我也不妨告诉你,亚乔被关进监狱的时候我曾经为了这件事情找过他,但他很确信自己不会失败,因此拒绝给我一分钱。我想他现在一定非常后悔,是吧,先生?"

"不，"亚瑟说，"我现在仍然相信他是无辜的。"

"什么？"他问道。

"不管是审判前还是审判后，我都相信他。威尔登法官置正义于不顾，他太有偏见了。"

"注意你的言语，先生！"

"我们的谈话都是保密的。"

"当然，不过你还是吓到我了。我非常了解安德鲁斯的性格，无法理解为什么你们这样善良的人会相信他，还说什么偏见！"

"我想你会继续呆在这家酒店吧？"亚瑟说道，以回避进一步的争论。

"是的，直到文件抵达为止。那时我就会带安德鲁斯去纽约，登上前往欧洲的第一艘轮船。"

亚瑟听完后便离开了，杜拉带给他的困惑比他带给杜拉的困惑更多。杜拉似乎很确定亚乔就是那名罪犯，亚瑟不禁怀疑是否自己和朋友们都被亚乔欺骗了。

星期六的下午，约翰一行人看望了亚乔，试着鼓励他。星期日则叫上了斯坦顿姐妹一同前往，亚乔看起来十分冷静，一直安慰着他们。

"我住在监狱里也挺舒适的。"他说，"去维也纳的途中，我会给杜拉一些钱，他会让我过得比较舒适。只有一个事情我有些害怕：那就是这趟引渡需要穿越大西洋，我害怕旧病复发，那可就糟糕了。"

"可能没有那么可怕呢，"帕琪安慰道，虽然在她心中，她也认为这可能会使亚乔陷入致命的危险，但她仍然鼓励着他，"通常旅行中容易患病的人们，也都能很好地适应大西洋呢！"

"这太好了。"他说，"就是因为对水的恐惧，让我不敢回到桑荷阿，甚至连游艇都不敢去，你这样一说，我倒有一个事情想请你们帮忙。"

"什么事情都没问题。"莫德说。

"你们是我最信任的朋友。这有一封给卡格船长的信，信中说了，在我从维也纳回来之前，阿拉贝拉都由你掌管，我将梅里克先生任命为船长，如果你想旅行的话，可以抽出一些时间，我想让你们都去桑荷阿看看。"

"去桑荷阿？"他们齐声喊了出来。

"是的，我想向我最忠诚的朋友，也就是你们，证明桑荷阿的存在。你们可以去熟悉和了解一下这世界上最美好的地方，我的房子也任由你们使用，我敢保证你们会爱上那里的。"

大家惊讶极了，一时不知怎么回答。自然，弗洛伦斯是第一个整理好思绪的人。

"这真是太棒啦！"她兴高采烈地拍手喊道，"我想莫德和我正需要一个假期呢，咱们航行到那个神秘的小岛去吧，你们说呢，姐妹们？还有梅里克先生？"

"我想，孩子，"约翰将手掌轻轻放在亚乔肩上，"如果你确定不再需要我们的帮助，我们都很愿意接受你的邀请。"

"我会将科尔比带去维也纳，他会帮助我，我也希望能在这里与你们再次团聚，我正期盼着呢！"

约翰拿走了亚乔写给卡格、桑荷阿的负责人和管家的信，大家纷纷与亚乔握别，之后便离开了。

星期一清晨，引渡文书抵达了旧金山，杜拉得意洋洋地向约翰一行人展示了一番。

"我们会乘坐夜班火车，"他说，"这样周五就能到纽约，能赶上周六前往加来的轮船。"

他正说着，一名男孩递给他一封电报。

"失陪一下。"他一边说，一边炫耀似的打开了电报，之后，他的脸色一下子黯淡下来，晕倒般地倒在了椅子上。

帕琪跑去取来一些水，莫德则用折叠的报纸为他扇着风，亚瑟拾起掉落的电报，小心翼翼地读了一遍，接着，他也吓倒在椅子上。

"听着，女孩们，"他的声音微微颤抖着，"你们怎么看待这件事情呢？"

"杰克·安德鲁斯今日在纽约被伯恩斯侦探逮捕了，女爵的珠宝已经在他那里全数找回。请乘坐第一班火车即刻返回，落款是埃克斯特龙有限公司。"

大家陷入一阵沉默。

弗洛伦斯则欢欣地鼓起了掌。

"走吧！"她开心地喊道，"咱们一起去告诉亚乔！"